KÖNIGS FURT

Über dieses Buch

Jenseits eines verklärten orientalischen Frauenbildes stellen d
Märchen Frauen unterschiedlichen Alters und Standes in ihren Ro
als Ehefrauen, Mütter, Töchter und Schwestern vor. Die gemeinsa
Welt, der diese Märchen entstammen, ist der islamisch geprägte Ori
ein Raum, in dem viele verschiedene Völker mit- und nebeneinan
leben.
Die Herausgeberin hat für diesen Band Märchen aus arabisc
Ländern, aus dem Iran und aus der Türkei ausgewählt. Sie erläu
im Nachwort, wie sich Glaubens- und Wertvorstellungen, Verwan
schaftsbeziehungen und familiäre Rollenbilder des realen Lebens
diesen Märchen spiegeln.

Über die Herausgeberin

Hannelore Marzi, 1942 in Stettin geboren und in Lübeck aufgewa
sen, lebt in Frankfurt am Main. Sie wurde durch ein Studium
Orientalistik zur Übersetzerin und Erzählerin nicht nur orientalis
Märchen und Geschichten. Sie hat bereits mehrere Märchensamml
gen herausgegeben.

Die Frau, die den Wesir zum Lachen brachte

Orientalische Frauenmärchen

Herausgegeben und
mit einem Nachwort versehen
von Hannelore Marzi

Königsfurt
Märchenschätze

Die Erstausgabe erschien unter dem Titel »Orientalische Frauenmärchen« im Fischer Taschenbuch Verlag, Frankfurt a. M.
Die Texte wurden für die vorliegende Ausgabe durchgesehen und umfangreich ergänzt.

Bibliographische Information Der Deutschen Bibliothek

Die Deutsche Bibliothek verzeichnet diese Publikation in Der Deutschen Nationalbibliographie; detaillierte bibliographische Daten sind im Internet über http://dnb.ddb.de abrufbar.

Erweiterte Neuausgabe
Krummwisch bei Kiel 2004

D-24796 Krummwisch
www.koenigsfurt.com

Umschlaggestaltung: Werkstatt München, Weiss und Zembsch, unter Verwendung von Motiven aus »Hasan und die Vogelfrau« und »Sindbad« von Helga Gebert, Beltz & Gelberg, Weinheim
Satz: Satzbüro Noch, Balve
Druck und Bindung: Oldenbourg, Monheim

ISBN 3-89875-109-0

Dem Andenken meiner Freundin,
der türkischen Sängerin
Sümeyra Çakır,
gewidmet

Die Gesichter unserer Frauen
Sind das Buch unserer Leiden.
Unsere Leiden, unsere Schandtaten
Und unser vergossenes Blut,
Wie Holzpflüge zeichnen sie
Die Gesichter unserer Frauen.

Und unseren Freuden,
Leuchten in den Augen der Frauen
Wie Morgenröte,
Die sich in den Seen spiegelt …

Nazım Hikmet,
aus dem Türkischen übersetzt
von Monika Carbe

Inhalt

Die Frau, die den Wesir zum Lachen brachte 9
Nimm dich in acht vor den Ränken der Frauen ... 28
Die hilfreiche Freundin 31
Das kluge Mädchen und der Dieb 37
Von den mutigen kurdischen Mädchen 39
Wie der Wanderderwisch überlistet wurde 43
Von den sieben Mädchen und der Menschenfresserin 46
Von dem Vater und seinen sechs Töchtern 51
Die Geschichte von dem verbotenen Teich 62
Die sieben Königstöchter und ihr geiziger Ehemann 65
Die Frau, die ihren Mann aus dem Gefängnis befreite 71
Das Märchen von der treuen Frau 76
Meyane Hanım 81
Für Ramadan 91
Der Brunnen 93
Ammenmärchen 95
Mutter, Mutter, alles andere ist Lüge 99
Gott allein weiß die Wahrheit 102
Nardanesi 105
Sitt el Husn uel Gamal 115
Das Kamel aus Gold 120
Aischa Rmada 126
Die beiden Waisenkinder 130
Die Nachtigall aus dem Blumenstrauch 133
Das Töpfchen 140
Die Tochter der Nachbarin 144

Die Geschichte von dem Mädchen, das Milch verkaufte, und dem König der Dämonen 149
Die Geschichte von den zwei jungen Mädchen und den zwei jungen Männern 154
Das Almosen 158
Das verlängerte Leben 161

Nachwort 164
Quellenverzeichnis 182
Verwendete Literatur in Auswahl 188

Die Frau, die den Wesir zum Lachen brachte

Es wird erzählt, daß zu der Zeit des Kalifen Harun al Raschid in Bagdad ein Oberster der Polizei lebte, der sein Amt auf das Trefflichste verwaltete, so daß der Kalif über die Maßen mit ihm zufrieden war. In Wahrheit aber war dieser Oberste nur ein mittelmäßiger Mensch, der sich in allen Dingen Rat bei seiner klugen Frau Dalila zu holen pflegte, doch dies war niemandem bekannt.

Eines Tages nun starb der Oberste und ließ seine Frau in nicht gerade glänzenden Vermögensverhältnissen zurück. Deshalb ging Dalila einige Zeit nach dem Tode ihres Mannes zu dem Wesir des Kalifen und bat ihn, er möge für sie und ihre Tochter ein Ruhegehalt aussetzen. Der Wesir verweigerte dies jedoch und sprach: »Dein Mann war ein tüchtiger Beamter und hat sich wahrlich große Verdienste erworben. Aber eben weil er so tüchtig war, sind wir, wie du weißt, gezwungen gewesen, an seiner Stelle zwei neue Oberste der Polizei zu ernennen. Ein einzelner vermag eine solche Aufgabe nicht zu erfüllen, es sei denn, er wäre so klug, wie dein Mann es war. Durch das doppelte Gehalt sind unsere Kassen nun aber derart belastet, daß für Ruhegehälter kein Geld mehr bleibt.«

»So bin ich, Herr, eines Gehaltes weniger würdig als deine beiden Obersten?« fragte Dalila. »Was sie können, kann ich auch und bin wohl wert, was sie dich kosten!« Da lachte der Wesir und sprach: »Ich glaube gern, daß du allerlei von deinem Mann gelernt hast. Doch daß du, eine Frau, dadurch auch so klug geworden bist wie ein Oberster der Polizei, nein, das glaube ich nicht!«

Dalila lächelte und hütete sich, dem Wesir zu offenbaren, daß zu Lebzeiten ihres Mannes immer und allein sie es gewesen war, welche dessen kluge Entscheidungen gefällt hatte, denn sie wollte das Andenken ihres Mannes nicht schmälern. So erwiderte sie nur: »Gib mir drei Tage Zeit, Herr, damit ich dir beweisen kann, daß ich klüger bin als deine beiden Obersten und für die Sicherheit und Ordnung dieser Stadt und die Zufriedenheit ihrer Bewohner von weit höherem Wert!«

»Es sei!« antwortete der Wesir und sicherte Dalila das Ruhegehalt für den Fall zu, daß ihr der Beweis gelinge.

Am nächsten Morgen stand Dalila in aller Frühe auf, doch legte sie nicht wie gewöhnlich ihre schönen, reichen Gewänder an, sondern verkleidete sich. Sie gab sich das Aussehen und den Anschein einer jener armen Frauen, die mit einem Wasserkrug herumgehen und den Gläubigen für Gotteslohn zu trinken geben. Dann ging sie zu dem Haus eines der neuen Obersten der Polizei, der ein alter Mann war und eine junge Frau besaß. Die beiden hatten alles, was sie sich wünschten, nur keine Kinder, und darüber grämten sie sich sehr. Dalila wußte dies und hatte vor, es sich für den Schabernack, den sie den beiden spielen wollte, zunutze zu machen.

Vor dem Haus des Obersten wartete sie, bis die junge Frau aus dem Fenster blickte. Dann ging sie hin, grüßte den Türhüter und schenkte ihm einen Becher Wasser ein. Der Türhüter dankte, sprach ein »Im Namen Gottes« und trank. Als er aber ausgetrunken hatte, fand er auf dem Boden des Bechers ein Goldstück, welches Dalila beim Einschenken heimlich aus ihrem Ärmel in den Becher hatte gleiten lassen. Da der Türhüter ein ehrlicher Mann war, zeigte er Dalila das Goldstück. Sie tat überrascht und rief: »Der Herr, dessen treue Dienerin ich bin, hat meine Gebete erhört und mich wieder einmal in der Weise gesegnet, daß zugleich mit dem Wasser, welches ich einem Gläubigen einschenke, ein Goldstück in den Becher rollt! Da ich allen irdischen Gütern entsagt habe, so behalte du, was der Allbarmherzige in seiner großen Güte gespendet hat!«

Der Türhüter war hocherfreut. Er rief die anderen Diener, um ihnen das Goldstück zu zeigen, und es entstand großer Aufruhr, der die Neugierde der jungen Frau des Obersten weckte. Sie rief hinunter und wollte wissen, was geschehen war. Als sie es erfuhr, ließ sie die Alte zu sich heraufbringen –, und genau das war es, was Dalila gehofft hatte.

Die junge Frau fragte die Alte, ob es wahr sei, daß derjenige Gold im Becher finde, dem sie einschenke, worauf Dalila antwortete: »O Herrin, ich diene Gott ohne Unterlaß mit Gebeten, und bisweilen segnet er mein Tun auf diese Weise.« Sie schenkte der jungen Frau ein, und siehe, da fiel abermals ein Goldstück in den Becher! Die junge Frau verwunderte sich sehr darüber und fragte weiter: »Da dich Gott so reich mit seiner Gnade segnet, so kannst du wohl auch sonst allerlei bewirken, was andere nicht vermögen?«

Dalila, die sehr wohl wußte, worauf die junge Frau hinauswollte, erwiderte: »O Herrin, Herrin, überschätze meine schwachen Kräfte nicht! Soweit ich es vermag, helfe ich gern. Sag mir nur frei, was dich bedrückt!«

Da sprach die Frau des Obersten: »Ich bin nun schon so lange verheiratet und habe noch immer kein Kind. Kannst du mir nicht ein Mittel nennen, das mir meinen Herzenswunsch erfüllt?«

»Ich selbst kann dies nicht«, antwortete Dalila, »doch kenne ich einen Arzt, der schon vielen geholfen hat, die in der gleichen Lage waren, wie du es bist. So Gott will, wird er auch dir helfen. Komm nur gleich mit mir!«

Auf ihrem Weg durch die Stadt wußte Dalila es so einzurichten, daß sie an dem Laden eines jungen Schusters vorbeikamen, von dem allgemein bekannt war, daß er eine Frau suchte und meinte, auf eine Tochter aus den ersten Häusern Anspruch zu haben, weil er ein überaus schöner junger Mann war. Dalila bat die Frau des Obersten, sich einen Augenblick zu gedulden;

sie wolle dem jungen Schuster dort drüben nur eben ein Glas Wasser einschenken. Dann ging sie zu ihm und flüsterte mit ihm: »Siehst du die junge Frau dort drüben? Ich bin von ihren Eltern beauftragt, ihr einen Mann zu suchen. Sie ist schön und reich und aus guter Familie, und da du ihr gefallen hast, will ich ihr die Liebe tun, dich ihren Eltern als Bewerber vorzustellen. Wenn du einverstanden bist, so folge uns, und wenn du uns ein Haus betreten siehst, tritt hinter uns ein und warte am Fuße der Treppe, bis ich dich rufe!«

Der junge Schuster fühlte sich durch diese Rede geschmeichelt, und da er sah, daß die Fremde von schöner Gestalt und reich gekleidet war, zögerte er nicht, den beiden Frauen zu folgen. Als sie einige Straßen weit gegangen waren, blieb Dalila bei dem Laden eines Töpfers stehen, von dem sie wußte, daß er ein reicher Mann war, der sein kümmerliches Töpfergeschäft nur aus Geiz weiter betrieb. Wieder bat sie die Frau des Obersten, sich ein wenig zu gedulden, ging und sprach zu dem Töpfer: »Wohlhabende Leute haben mich beauftragt, ihnen ein geräumiges Haus zu mieten, wie dir eines leersteht. Gib mir die Schlüssel, damit ich der Frau in meiner Begleitung das Haus zeigen kann!« Der Töpfer erkannte an den kostbaren Kleidern der Frau des Obersten, daß sie aus reichem Hause stammte, und händigte Dalila die gewünschten Schlüssel ohne Bedenken aus.

Bald darauf betraten die beiden Frauen das Haus des Töpfers. Dalila führte die Frau des Obersten in ein Zimmer im ersten Stockwerk und bedeutete ihr, dort zu warten; der berühmte Arzt werde gleich erscheinen. Dann ging sie und winkte den jungen Schuster herauf. Sie führte ihn heimlich in ein Nebenzimmer und forderte ihn auf, sich zu entkleiden, »denn«, so erklärte sie ihm, »die Eltern des Mädchens wollen dich durchs Schlüsselloch betrachten, um zu sehen, ob du ohne Fehl bist«.

Der eitle junge Schuster fing sogleich an, seine Kleider abzulegen, worauf Dalila ihn verließ – doch nicht, ohne zuvor seinen Gürtel an sich zu nehmen, in dem er einen Beutel mit Geld verborgen hatte. Sie lief auf die Straße und gab einem der dort herumlungernden Burschen ein paar Münzen, damit er zu dem Obersten laufe und ihm ausrichte, er möge schleunigst in das Haus des Töpfers kommen, denn dort hinein habe man seine Ehefrau mit einem jungen Mann gehen sehen: o Schrecken, o Schande! Dann lief sie zu dem Töpfer und sprach: »Komm schnell mit mir! Die reiche Frau will dein Haus für dreißig Dinar im Jahr mieten und den Vertrag gleich an Ort und Stelle mit dir abschließen!«

Dem Töpfer hüpfte das Herz im Leibe, als er dies vernahm, denn der Betrag von dreißig Dinar überstieg den tatsächlichen Mietwert des Hauses bei weitem. Er rief deshalb einen Eseltreiber, der in der Nähe auf Kundschaft wartete, und hieß ihn, den Laden während seiner Abwesenheit zu bewachen. Der Eseltreiber band seinen Esel neben dem Laden fest und setzte sich auf den Stuhl des Töpfers mitten unter die Töpferwaren.

Als Dalila mit dem Töpfer dessen Haus betrat, ließ sie ihn vorangehen und machte sich auf halber Treppe aus dem Staub, was der geldgierige Mann in seinem Eifer jedoch gar nicht bemerkte. Er lief geradewegs in das Zimmer im ersten Stock, wo die Frau des Obersten ungeduldig auf den Arzt wartete, und begann auf die vermeintliche Mieterin einzureden; sie wiederum hielt ihn für den Arzt und fing von ihren Sorgen zu erzählen an. So redeten die beiden eine Zeitlang hastig hin und her und lautstark aneinander vorbei –, was den Schuster im Nebenzimmer zu der Annahme verleitete, die Eltern des jungen Mädchens würden ihn durchs Schlüsselloch betrachten und ihrer Bewunderung für seine unerhörte Schönheit unüberhörbar Ausdruck verleihen. So rief der Schuster denn durchs Schlüsselloch: »Habt ihr nun genug gesehen, so daß ich meine Kleider wieder anziehen kann? Und seid ihr zufrieden mit mir und willigt in die Heirat ein?« Der Töpfer begriff nicht, was das bedeuten sollte. Er öffnete die Tür und war nicht wenig erstaunt, als er im Nebenzimmer einen gänzlich nackten Mann bemerkte. Die Frau des Obersten, welche den Schuster ebenfalls wahrgenommen hatte, stürzte mit einem Schrei zur Tür, um zu entfliehen. Aber da kam gerade ihr eifersüchtiger Ehemann die Treppe herauf. Er hörte Männerstimmen und erblickte durch die geöffnete Tür den immer noch unbekleideten Schuster. Damit fand er seinen schlimmsten Verdacht bestätigt und begann, seine Frau auf das Heftigste zu beschimpfen. Sie brach in Tränen aus und verteidigte sich; da sprach der Töpfer sie an und verlangte das Geld für die Miete, während der Schuster, der sich inzwischen eilig ankleidete, das Fehlen seines Gürtels bemerkte und laut zu jammern anfing, wodurch sich der allgemeine Lärm noch erhöhte.

Sie schrien lange Zeit durcheinander, bis sie sich endlich verständigten und feststellten, daß sie allesamt von einer betrügerischen Alten genarrt worden waren. Da schickte der Oberste seine Frau nach Hause und begab sich mit dem Schuster und dem Töpfer zum Laden des letzteren in der Hoffnung, dort eine Spur der Alten zu entdecken. Dalila war unterdessen ein weiteres Mal im Töpferladen gewesen und hatte dem Eseltreiber, der dort immer noch gewissenhaft auf seinem Platz saß, folgendes gesagt: »Der Besitzer dieses Ladens hat eben die Nachricht erhalten, daß sein Laden mit allem, was darin ist, heute auf Betreiben eines Gläubigers gepfändet werden soll. Da er seine Waren aber lieber vernichtet als in den Händen des Gläubigers sehen will, läßt er dir sagen, du mögest sie alle zerschlagen.« Der Eseltreiber, der ein dummer Tropf war, glaubte Dalilas Worten und machte sich gleich ans Werk – und war so eifrig bei der Sache, daß er gar nicht merkte, wie sie seinen Esel losband und eilig auf ihm davonritt.

Der Oberste, der Schuster und der Töpfer hörten das Klirren des Geschirrs schon von weitem, und als sie zum Laden kamen, war der Eseltreiber gerade dabei, die letzten Töpfe zu zerschlagen. Da packte der Töpfer den Eseltreiber voller Zorn beim Kragen und fing an, ihn gehörig durchzuprügeln. Der Eseltreiber aber ließ sich das durchaus nicht gefallen. Er wehrte sich heftig, so daß eine erbitterte Rauferei daraus wurde. Erst als es dem Obersten und dem Schuster gelang, die beiden Kampfhähne zu trennen, und diese sich ein wenig beruhigt hatten, war es möglich, die Sache aufzuklären. Und wieder stellte sich heraus, daß die tückische Alte ihre Hand im Spiel gehabt hatte. Im selben Augenblick bemerkte der Eseltreiber das Verschwinden seines Esels und erhob ein lautes Wehgeschrei. Zum Glück hatte ein Nachbar nicht nur beobachtet, wie die Alte den Esel losgebunden hatte, sondern auch, in welcher Richtung sie davongeritten war; und in diese Richtung zogen ihr alsbald ihre Verfolger nach, deren Zahl sich inzwischen auf vier erhöht hatte.

Dalila war mittlerweile zum Haus des zweiten Obersten der Polizei geritten, denn sie gedachte, auch ihm und seiner Frau einen Streich zu spielen. Vor dem Haus aber stand eine junge Kindsmagd mit einem Kind auf dem Arm, das war hübsch und reich gekleidet und trug eine goldene Kette um den Hals. Dalila fragte, wessen Kind es sei, und als sie erfuhr, daß es das Kind des Obersten war, rief sie: »Dacht ich's doch! Ich kannte es gleich an der Ähnlichkeit! Wie geht es seiner Mutter, meiner lieben Base?« Da sprach die Magd: »Gehet nur hinauf in das erste Stockwerk, dort findet Ihr sie.« Dalila aber erwiderte: »Ich bin schon alt, und das Treppensteigen fällt mir beschwerlich. Sei so gut und rufe sie mir für einen Augenblick herunter!« Die Dienerin war schon fortgeeilt, da rief Dalila sie zurück und sprach: »Was willst du das Kind die Treppe hinauf- und heruntertragen? Gib es einstweilen mir zu halten!« Die Magd war ein einfältiges Geschöpf und tat es ohne Arg. Kaum aber war sie fort, stieg Dalila wieder auf ihren Esel und ritt mit dem Kind davon.

Sie ritt die Straße hinunter, bis sie zu dem Laden eines Juweliers kam, stieg ab und band den Esel neben der Tür fest. Mit dem Kind auf dem Arm trat sie in den Laden ein und sprach: »Meine Herrin wünscht ein Armband zu kaufen und hat mich beauftragt, einige zur Auswahl von dir zu holen.«

»Wer ist deine Herrin?« fragte der Juwelier.

»Die Frau des neuen Obersten der Polizei«, antwortete Dalila. »Sie wohnt ein Stück weiter oben hier in dieser Straße.«

Da sprach der Juwelier: »Es ist wahr, ich erkenne das Kind; es trägt eine Goldkette, die bei mir gekauft wurde. Ich gebe Schmuckstücke aber niemals außer Haus!«

»Sei nicht töricht und verdirb dir durch kleinliche Bedenken ein gutes Geschäft!« erwiderte Dalila. »Sieh, ich will ein übriges tun und dir das Kind zum Pfand dalassen.« Der Juwelier war's zufrieden und überließ Dalila sechs kostbare Armbänder. Sie legte dafür das Kind auf einen Diwan, welcher in einer Ecke des Ladens stand, doch nahm sie ihm heimlich die Goldkette ab. So verließ sie den Laden mit sieben wertvollen Schmuckstücken und machte sich dann auf ihrem Esel schnell aus dem Staub.

Unterdessen war die Frau des Obersten von der Dienerin geholt worden, aber als sie auf die Straße kamen, war die Alte nicht mehr zu sehen, und mit ihr war das Kind verschwunden. Da erhoben die beiden Frauen ein großes Wehgeschrei, welches schließlich den Obersten selbst herbeilockte, und als er hörte, was geschehen war, stimmte er in das Jammern und Klagen ein. Sie berieten dann, was sie tun sollten, und waren noch zu keinem Entschluß gekommen, da liefen die vier Verfolger der Alten die Straße entlang. Sie erkannten den Obersten, blieben stehen und fragten voller Teilnahme, was geschehen sei. Als sie es erfuhren, begriffen sie sofort, daß dieselbe Alte, welche ihnen übel mitgespielt hatte, auch hier am Werk gewesen war. Sie sagten es dem Obersten, woraufhin sich jener mit der Kindsmagd der Verfolgung anschloß. Die Mutter aber blieb weinend zurück.

Auf seinem Weg weiter die Straße hinunter kam der Trupp der Verfolger an dem Laden des Juweliers vorbei, und als die Magd zufällig hineinsah, entdeckte sie das Kind auf dem Diwan liegen. Mit einem Schrei stürzte sie in den Laden, nahm das Kind auf den Arm und wollte es forttragen, aber da trat ihr der Juwelier in den Weg und rief: »Halt, gib erst die Armbänder zurück oder bezahle sie mir, wie es abgesprochen ist!«

Währenddessen hatte auch der Vater des Kindes den Laden betreten und fragte: »Wie kommt das Kind hierher, und was redest du von Armbändern?« Der Juwelier erzählte es wahrheitsgetreu, wobei die Magd gewahr wurde, daß dem Kind die Halskette fehlte, und alle erkannten, daß auch der Juwelier der Alten aufgesessen war. Darüber geriet dieser in großen Zorn und gesellte sich den Verfolgern zu, die auf diese Weise wieder zu sechst waren, denn die Magd hatte sie verlassen, um das Kind nach Hause zu bringen.

Als sie eine Weile miteinander unterwegs gewesen waren, sprach der erste Oberste der Polizei: »Wir wollen uns trennen und die Alte auf verschiedenen Wegen suchen; so kommen wir schneller zum Ziel. Nach beendeter Jagd aber, sei sie nun erfolgreich verlaufen oder nicht, wollen wir uns alle auf dem großen Platz am anderen Ende der Stadt bei der Brücke treffen.«

Die anderen waren einverstanden, und so gingen sie auseinander und setzten die Verfolgung der Alten auf verschiedenen Wegen fort.

Dalila hatte unterdessen den Esel in einem Mietstall untergebracht und war dabei, zu Fuß in ihre Wohnung zurückzukehren. Als nun der Schuster auf seiner Wanderung durch die

Stadt um eine Ecke bog, sah er die Alte eine Strecke Weges vor sich dahingehen und begann zu laufen, um sie einzuholen. Dalila hörte die raschen Schritte hinter sich, blickte sich um und erkannte den Schuster. Kurz entschlossen trat sie bei einem Barbier ein, gab ihm ein Goldstück und sprach: »Gleich wird ein junger Mann hereinstürmen und schreien und sich sehr seltsam aufführen. Pack ihn und laß ihn zur Ader! Es ist mein armer Sohn, dessen Geist verwirrt ist und dem, wenn er wieder einmal einen Anfall hat wie jetzt gerade, nur ein Aderlaß helfen kann. Ich habe ihn deshalb unter einem Vorwand hierhergelockt.«

Kaum hatte sie zu Ende gesprochen, stürzte der Schuster in den Laden und wollte unter wütendem Geschrei auf die Alte losgehen. Doch da sprangen die Gehilfen des Barbiers hinzu, packten ihn, drückten ihn auf einen Stuhl und hielten ihn fest, während der Barbier selbst ihn zur Ader ließ, so sehr der andere sich auch wand und sträubte. Dalila aber verließ unbemerkt den Laden und ging eilig davon.

Als sie, schon ganz in der Nähe ihrer Wohnung, um eine Ecke bog, prallte sie mit dem Töpfer zusammen. Der erkannte sie sofort, hielt sie am Ärmel fest und rief: »Hab ich dich endlich, du abgefeimte Betrügerin, du alte Hexe!«

Sogleich versammelte sich viel Volk um die beiden, darunter auch zwei kräftige Lastträger. Denen gab der Töpfer Geld und sprach: »Führt dieses Weib, das eine gefährliche Schwindlerin ist, zum Kadi! Er soll es in Gewahrsam nehmen, bis ich mit meinen Freunden komme und Anklage gegen es erhebe.«

Die Lastträger taten, wie ihnen geheißen worden war. Der Töpfer aber lief spornstreichs zu dem verabredeten Platz bei der Brücke, um dort die anderen zu treffen und ihnen von seinem Fang zu berichten.

Als die Lastträger mit Dalila zum Haus des Kadis kamen, erklärte der Türhüter ihnen, der Kadi sei ausgegangen, und weigerte sich, die Gefangene zu übernehmen. »Mit solchen Dingen habe ich nichts zu schaffen«, sagte er, »da müßt ihr mit dem Kadi selber reden. Ihr könnt ja dort im Hof warten; er wird wohl bald heimkehren.«

Die Lastträger setzten sich mit Dalila im Hof unter einen schattigen Baum, und weil es ein heißer Tag war, so überwältigte sie die Müdigkeit, und sie schliefen ein.

Da erhob Dalila sich leise und ging, von niemandem beachtet, in den Teil des Hauses, in dem sie die Frauengemächer vermutete. Sie klopfte und begehrte, vor die Frau des Kadis geführt zu werden. Als sie vor ihr stand, sprach sie: »Dein Gemahl hat meinem Mann auf dem Markt zwei Sklaven abgekauft, die zweihundert Dinar kosten. Da er nicht so viel Geld bei sich hatte, schickt er mich, damit ich es hole.«

»Wie sollte ich dir das Geld geben, da ich dich doch gar nicht kenne!« erwiderte die Frau des Kadis.

»Ich habe die beiden Sklaven gleich mitgebracht. Sieh nur in euren Hof, dort sitzen sie.« Und Dalila zeigte auf die beiden Lastträger, die, an den Baum gelehnt, friedlich schliefen. Da war die Frau des Kadis beruhigt und zahlte die verlangte Summe ohne weitere Einwände. Bevor Dalila jedoch damit verschwand, warnte sie die Frau des Kadis vor den beiden Männern und sprach: »Laß sie aber gut bewachen, bis dein Mann zurückkehrt, denn sie sind genauso stark wie gewalttätig und gefährlich!«

Darauf rief die Frau des Kadis zwei bewaffnete Bedienstete, die mußten bei den neuen Sklaven Wache halten, damit jene beim Erwachen keinen Schaden anrichteten und nicht fortliefen.

Der Töpfer war unterdessen schon längst auf dem Platz an der Brücke angelangt und berichtete den anderen, die sich nach und nach dort einfanden, daß es ihm gelungen sei, die Alte dingfest zu machen; und darüber waren alle herzlich froh. Als letzter kam der Schuster gelaufen und erzählte wutschäumend, was ihm bei dem Barbier widerfahren war. Da nahm der allgemeine Zorn gegen die schlimme Alte noch einmal zu, und die sechs eilten in höchster Erregung zum Kadi. Lautstark trugen sie ihre Klage gegen die Betrügerin vor und verlangten, daß sie strengstens zu bestrafen sei. Der Kadi gab ihnen recht, wandte aber ein, daß die Alte doch erst gefaßt werden müsse, ehe sie verurteilt werden könne. Da rief der Töpfer verwundert: »Aber, Herr, sie befindet sich doch schon längst in deinem Gewahrsam! Heute nachmittag habe ich sie von zwei kräftigen Knechten zu dir bringen lassen!« Nun wunderte sich der Kadi und entgegnete, davon wisse er nichts; er habe nichts von einer Alten gehört oder gesehen.

Wie sie noch ratlos dastanden, erscholl plötzlich vom Hof her wüster Lärm, und als sie hinausblickten, sahen sie die beiden Lastträger, welche sich mit den Bewaffneten schlugen. »Da sind ja die beiden Männer, die ich mit der Alten zu dir geschickt habe!« rief der Töpfer. Sie gingen alle in den Hof, und der Kadi fragte die beiden Bewaffneten nach dem Grund für den Tumult.

»Unsere Herrin hat uns geheißen, die beiden neuen Sklaven, die du gekauft hast, zu bewachen«, antworteten die Bediensteten. »Sie behaupten aber, keine Sklaven zu sein, und wollten sich aus dem Staube machen.«

Die beiden Lastträger deuteten auf den Töpfer und erklärten: »Dieser Mann hat uns gedungen, damit wir eine alte Frau zu dir brächten. Als wir schliefen, ist uns die Alte entwischt, und deine Männer haben uns daran gehindert, sie zu suchen und wieder einzufangen.«

Die Frau des Kadis war durch den Lärm aufmerksam geworden und ans Fenster getreten. »Was gibt es mit den beiden Sklaven, die du mir mit der alten Frau geschickt hast?« rief sie in den Hof hinunter. Da wunderte der Kadi sich noch einmal und erwiderte: »Ich habe keine Sklaven gekauft und keine Alte zu dir geschickt!«

»Weh mir«, fing die Frau des Kadis zu klagen an, »so hat die Alte mich schändlich belogen und mich um die zweihundert Dinar betrogen, die ich ihr als Kaufpreis für die Sklaven ausgehändigt habe!« Als der Kadi erkannte, daß es der schlauen Alten gelungen war, auch ihm zu schaden, wurde er zornig. Er schloß sich den anderen Genarrten an, und gemeinsam suchten sie nun den Wesir auf, um ihn in diesem merkwürdigen und höchst beunruhigenden Fall um Rat zu fragen.

Der Wesir war über die seltsamen Vorfälle, von denen die sieben Männer berichteten, sehr erstaunt und sprach zu den beiden Obersten: »Es geht nicht an, daß ein altes Weib die Ruhe und Ordnung in unserer Stadt auf solche Weise stört und Arme und Reiche zum besten hält! Macht euch deshalb auf, um seiner schleunigst habhaft zu werden, und durchstreift die Stadt Tag und Nacht mit Bewaffneten, jeder seinen Stadtteil, der eine den Norden, der andere den Süden!«

Da riefen die beiden Obersten unverzüglich ihre besten Männer zusammen und zogen mit ihnen los.

Die ganze Stadt sprach inzwischen von nichts anderem mehr als von den Streichen der unbekannten Alten, und schnell wurden die Maßnahmen bekannt, die zur Ergreifung der alten Frau getroffen worden waren.

Als Dalila davon hörte, baute sie ihre weiteren Pläne darauf auf. Noch von Lebzeiten ihres Mannes her hatte sie die Schlüssel eines Hauses in Verwahrung, welches einem reichen Tuchhändler gehörte, der sich auf der Pilgerfahrt nach Mekka befand. Das Haus stand an einem kleinen abgelegenen Platz genau auf der Grenze zwischen dem nördlichen und dem südlichen Stadtteil, so daß beide Obersten auf ihren Erkundungsgängen daran vorbeikommen mußten. In dieses Haus nun begab sich Dalila mit ihrer jungen, schönen Tochter und einigen treuen Dienern. Sie richtete das Haus festlich zum Empfang von Gästen her und ließ Speisen und Getränke aller Art dorthin bringen. Sie wählte die reichsten Gewänder und den kostbarsten Schmuck für sich und ihre Tochter aus, und während sie sich ankleideten und sorgfältig frisierten und schminkten, erklärte sie dem jungen Mädchen genau, was sie vorhabe und wie es sich verhalten solle.

Als der erste Oberste mit seinen Leuten an dem Haus vorbeiritt, stürzte die Tochter der Dalila auf die Straße und warf sich vor das Pferd des Obersten, wobei sie laut jammernd rief: »O Herr, hab Erbarmen mit zwei unglücklichen verlassenen Frauen!« Der Oberste sah das schöne Mädchen erschrocken an und fragte mitleidig, was es denn von ihm wolle.

»Ach, Herr«, antwortete es, »mein Vater ist vor kurzem gestorben, und nun wollen böse Menschen meine Mutter und mich um das Unsrige bringen. Da ich weiß, daß du ebenso mächtig und einflußreich wie gerecht und gütig bist, flehe ich dich an, uns zu helfen. Bitte tritt ein und höre meine Mutter an! Sie wird dir alles ausführlich erzählen.«

Der Oberste fühlte sich geschmeichelt, und da ihn die schönen Augen des Mädchens schon längst betört hatten, folgte er ihm nur gar zu gern ins Haus. Dort traf er Dalila, die ihm zwar schön gekleidet, doch noch immer in der Maske einer alten Frau gegenübertrat. Sie erzählte ihm eine lange, rührende Geschichte, welcher der Oberste aber nicht sehr aufmerksam lauschte, denn die auserlesenen Speisen und Getränke, mit denen Dalila ihn bewirten ließ, lenkten ihn ebensosehr davon ab wie das süße Lächeln und die zärtlichen Blicke der Tochter, an deren Seite er saß und die ihn auf die allerfreundlichste Weise bediente. Er dehnte deshalb seinen Aufenthalt weit länger aus, als er es ursprünglich im Sinn gehabt hatte, und gestattete auf Bitten der beiden Frauen schließlich auch seinem wartenden Gefolge, abzusitzen, um sich bewirten zu lassen.

Als sie sämtlich im Haus waren, ließ Dalila ihnen Getränke einschenken, denen ein starkes Schlafmittel beigemischt war, und nicht lange, da schliefen sie alle.

Ihr Schlaf war so tief, daß sie gar nicht merkten, wie Dalilas Diener sie hochhoben und in ein vergittertes Zimmer im hinteren Teil des Hauses brachten und dort der Reihe nach niederlegten. Danach holten die Diener auch die Pferde von der Straße und banden sie im Hofe fest.

Hierauf warteten Dalila und ihre Tochter auf den zweiten Obersten der Polizei, und als er sich bald danach mit seinem Gefolge ihrem Haus näherte, erging es ihm nicht anders als dem ersten. Dalila aber ließ alle Spuren ihrer Anwesenheit in dem fremden Haus verwischen und kehrte mit ihrer Tochter und den verschwiegenen Dienern in ihr eigenes Haus zurück.

Am nächsten Morgen begab Dalila sich zu dem Wesir. »Ich habe dir versprochen, binnen drei Tagen zu beweisen, daß ich klüger bin als deine beiden Obersten der Polizei und für die Sicherheit der Stadt von weit größerem Nutzen«, sprach sie zu ihm. »Die drei Tage sind bald vorüber, und so will ich beginnen, mein Versprechen zu erfüllen.«

»Wie willst du das tun?« fragte der Wesir verwundert.

»Hat nicht am gestrigen Tage eine geheimnisvolle Alte die ganze Stadt in Aufregung versetzt und allerlei Unfrieden gestiftet, so daß du die beiden Obersten der Polizei ausgeschickt hast, sie zu fangen?«

Der Wesir bestätigte es.

»Und haben sie die alte Frau gefangen?«

Der Wesir zuckte die Achseln.

»Du hast also noch keine Nachricht von ihnen?«

Der Wesir schüttelte den Kopf.

»So will ich dir die Nachricht geben, auf die du wartest«, sprach Dalila. »Deine beiden Obersten haben die Alte noch nicht gefangen und werden sie auch in Zukunft nicht fangen können, weil sie von der schlauen Alten nämlich in einen Hinterhalt gelockt und gefangen worden sind. Sie bedürfen selbst der Hilfe, um befreit zu werden.« Der Wesir blickte Dalila ungläubig an. »Wie willst du das beweisen?«

»Schicke deine Leute in das Haus des Tuchhändlers Mustafa! Sie werden die beiden Obersten dort samt ihrem Gefolge schlafend in einem vergitterten Zimmer im hinteren Teil des Hauses finden; ihre Pferde aber stehen angebunden im Hof.«

Da sandte der Wesir seine Leute aus, und sie trafen im Hause des Mustafa alles genau so an, wie Dalila es beschrieben hatte.

Die Obersten mußten vor dem Wesir erscheinen und ihm berichten, wie sie in diese peinliche Lage gekommen waren, und er tadelte sie auf das Schärfste für ihr leichtsinniges und pflichtvergessenes Verhalten. Als er wieder allein mit Dalila war, fragte sie ihn: »Herr, bin nicht ich, durch deren Hinweise die beiden Obersten befreit wurden, klüger als sie, die sich haben übertölpeln lassen?«

»Du bist wahrlich klüger als diese beiden Dummköpfe!« gab der Wesir zu.

»So laß dir nun von mir beweisen, daß ich auch für die Ordnung in dieser Stadt und die Zufriedenheit ihrer Bewohner weit nützlicher bin als sie!«

»Wie willst du das anstellen?« fragte der Wesir.

»Wenn du den Kadi, die beiden Ehefrauen der Obersten, den Juwelier, den Eseltreiber, den Töpfer und den Schuster hierherkommen läßt«, sprach Dalila, »so will ich es dir vorführen.«

Die sieben wurden gerufen, und als sie sämtlich versammelt waren, bat Dalila den Wesir: »Erlaube, Herr, daß ich in Sachen der spitzbübischen Alten Recht spreche, da der Kadi einer der Geschädigten ist!« Der Wesir erlaubte es, und Dalila forderte nun einen nach dem anderen auf, seine Klage vorzubringen, und hörte jedem aufmerksam zu. Als sie geendet hatten, gab Dalila ihnen der Reihe nach Antwort, zuerst der Frau des ersten Obersten. »Du«, so sprach sie, »hast Schimpf und Spott erlitten zur Strafe, weil du dich nicht hast in das Schicksal fügen wollen, welches Gott dir bestimmt hat. Deine Klage gegen die Alte ist daher nichtig. Du, Töpfer, hast aus blinder Geldgier gehandelt und all dein Hab und Gut einem Fremden anvertraut. Daher ist auch deine Klage nichtig, doch soll dir das zerbrochene Geschirr ersetzt werden.«

Dalila wandte sich noch einmal an die Frau des ersten Obersten: »Hat die Alte nicht dich und den Türhüter deines Hauses auf dem Grunde des Bechers, den sie euch einschenkte, ein Goldstück finden lassen?«

Die junge Frau bejahte es.

»Es ist unrechtes Gut, das ihr nicht behalten sollt. Gebt dem Töpfer die beiden Goldstücke als Entschädigung für seine zerschlagene Ware!«

Der Töpfer dankte Dalila für ihren Urteilsspruch und zog zufrieden mit dem Gold von dannen.

Dalila sah darauf den Schuster an und sprach: »Was dir geschehen ist, betrachte als Strafe für deine Eitelkeit! Sicher hat der Aderlaß deinem erhitzten Blut nicht geschadet. Damit dein Schaden jedoch nicht zu groß sei, gebe ich dir deinen Gürtel mitsamt dem Gelde zurück; ich habe ihn der Alten zum Glück abnehmen können.«

So war auch der Schuster zufriedengestellt und ging froh davon.

Den Eseltreiber ermahnte Dalila, in Zukunft weniger leichtgläubig zu sein und besser auf das Tier aufzupassen, mit dem er seinen Lebensunterhalt verdiene. Sie nannte ihm den Stall, in dem sie den Esel untergestellt hatte, worauf sich der Eseltreiber unter lauten Dankesbezeigungen trollte. Dalila wandte sich nun der Frau des zweiten Obersten zu und sprach tadelnd: »Die Angst, die du erlitten hast, ist die gerechte Strafe Gottes dafür, daß du dein Kind, deinen kostbarsten Besitz, der dümmsten deiner Dienerinnen anvertraut hast. Nimm hier seine Kette zurück und gib in Zukunft besser auf es acht!«

Sie gab der Frau des zweiten Obersten die goldene Kette des Kindes zurück. Danach händigte sie dem Juwelier seine sechs Armbänder aus und sprach zu ihm: »Mit dem Schrecken, welchen dir der Diebstahl deiner wertvollen Schmuckstücke eingejagt hat, wurdest du von dem Allbarmherzigen dafür gestraft, daß du aus Gewinnsucht ein Geschöpf Gottes zum Pfand für Gold und Edelsteine genommen hast.«

Zum Schluß schalt Dalila den Kadi, weil er zu einer Zeit nicht in seinem Hause gewesen sei, als er dort seines Amtes hätte walten müssen. »Deshalb behalte ich von deinen zweihundert Dinar, welche ich der Alten habe abnehmen können, zwanzig Dinar ein, damit der Wesir sie an die Armen verteile.«

Der Kadi war wie alle anderen vor ihm mit dem Urteilsspruch Dalilas zufrieden, pries ihre Weisheit und entfernte sich dankend.

Der Wesir lobte Dalila und sprach: »Wahrlich, du bist für die Ruhe und Ordnung in dieser Stadt nützlicher als meine beiden neuen Obersten, doch nun beweise mir deine Geschicklichkeit noch ein weiteres Mal und schaffe mir die Alte herbei, die Urheberin all dieser Verwicklungen!«

»Ich will es tun«, erwiderte Dalila, »aber nicht eher, als bis du mir versprochen hast, daß sie straflos ausgehen wird.«

Der Wesir versprach es und verlangte ungeduldig, die Alte zu sehen, worauf Dalila lachte und sprach: »Sieh mich an! Die Alte steht vor dir. Ich bin die Alte!«

Da lachte auch der Wesir und sprach: »Du bist nicht nur die klügste Frau dieser Stadt, sondern auch die gefährlichste! Ich will dir deshalb nicht nur ein Ruhegehalt zahlen, sondern das volle Gehalt deines Mannes, und das bis zu deinem Lebensende! Allerdings mußt du mir versprechen, hinfort niemandem mehr einen Streich zu spielen und mir mit deinem Rat beizustehen, wann immer ich seiner bedarf!«

Dalila überlegte nicht lange und sagte dem Wesir das Gewünschte zu. Sie ging froh nach Hause und lebte von dem reichlichen Gehalt, welches sie fortan erhielt, herrlich und in Freuden.

Märchen aus Damaskus

Nimm dich in acht vor den Ränken der Frauen

Ein Mann betete tagtäglich: »Und schütze mich, Gott, vor bösen Ränken!« Eines Tages sagte seine Frau zu ihm: »Jeden Tag bittest du Gott, er möge dich vor bösen Ränken schützen … Vor wessen Ränken? Warum bittest du Gott nicht ausdrücklich, dich vor den Ränken der Frauen zu schützen?«

Der Mann lachte über die Worte seiner Frau und rief: »Was sind denn Frauen? Was sind ihre Ränke? Können sie Männern denn gefährlich werden?«

Die Worte des Mannes verletzten die Frau sehr, und sie dachte bei sich: »Ich schwöre dir, mein Lieber, daß du diese Antwort bereuen wirst! Ich werde dir etwas antun, was du Zeit deines Lebens nicht vergessen wirst, und du wirst begreifen, was Frauen sind und was ihre Ränke!«

Eines Tages war der Mann zum Pflügen aufs Feld gegangen. Seine Frau kochte das Essen, kaufte einige Fische und nahm beides mit, als sie am Mittag zu ihm aufs Feld ging. Während ihr Mann den Pflug mit fester Hand von einer Seite zur anderen führte, lief sie hinter ihm her und legte die Fische heimlich in die Furche.

Der Mann aß sein Mittagessen und machte sich danach gleich wieder an die Arbeit; die Frau aber nahm ihr Geschirr und ging heim.

Als der Mann die neue Furche zog, entdeckte er auf einmal in der Nachbarfurche einen Fisch, bald einen zweiten und einen dritten. Er sammelte sie ein und hatte bis zum Ende der Furche eine stattliche Anzahl beisammen.

»Das gibt ein gutes Abendessen!« freute er sich, lief hinter seiner Frau her und rief: »Warte, Frau, nimm diese Fische mit! Ich habe sie beim Pflügen gefunden. Bereite sie zu, bis ich am Abend nach Hause komme!«

Am Abend kehrte der Mann müde und hungrig vom Feld zurück, setzte sich hin und sagte: »Frau, bring mir das Abendessen!«

Die Frau stellte Brot und Joghurt vor ihn hin und sagte: »Iß!«

Da wunderte sich der Mann und fragte: »Frau, hast du denn die Fische nicht zubereitet?«

Die Frau tat überrascht: »Herr, welche Fische? Wann hast du denn Fische gekauft?«

»Aber Frau, ich habe doch auf dem Feld Fische gefunden und dir mitgegeben! Ich habe dir sogar gesagt, du solltest sie zubereiten, wenn ich am Abend heimkomme.«

»O Mann, hast du den Verstand verloren? Wer hat jemals erlebt, daß auf dem Feld Fische zu finden sind!« Der Mann blieb bei seiner Behauptung und rief: »Ich war doch nicht blind! Ich habe sie in der Furche entdeckt und dir mitgegeben!«

Sie stritten hin und her, bis die Frau laut zu schreien begann und ihre Nachbarn herbeirief: »Bei Gott, mein Mann ist verrückt geworden! Kommt und helft mir!«

Die Nachbarn eilten herbei und fragten, was geschehen sei. Der Mann ergriff das Wort und sagte: »Liebe Leute, ich bin nicht verrückt geworden! Heute mittag habe ich beim Pflügen in einer Furche einige Fische gefunden und sie meiner Frau mitgegeben; sie sollte sie zubereiten, bis ich abends nach Hause komme. Nun bin ich nach Hause gekommen, aber die Fische sind nicht da, und meine Frau sagt: ›Was für Fische? Bist du verrückt?‹ ...«

Die Nachbarn hörten von Furchen und Fischen reden und dachten bei sich: »Der Mann ist wahrhaftig verrückt geworden!«

Die Frau bat die Nachbarn, ihren Mann fest an einen Balken zu binden, denn sie fürchtete – so sagte sie jedenfalls –, er werde sie und die Kinder schlagen, wenn sie mit ihm allein wären. Und obwohl der Mann sich sträubte und bettelte und bat, banden die Nachbarn ihn fest und gingen.

Der Mann hörte nicht auf, seine Frau anzuflehen, ihn doch zu befreien. Spät in der Nacht sagte er zu ihr: »Frau, ich war vorhin wirklich nicht bei Verstand. Nun bin ich wieder gesund und bitte dich: Binde mich los!«

Die Frau, die nur zu gut wußte, daß sie es ohne Gefahr tun konnte, band ihn los, und sie legten sich schlafen.

Am nächsten Morgen stand der Mann auf und ging wieder aufs Feld. Seine Frau aber kaufte Fische im Bazar, briet sie und bedeckte sie mit Weizengrütze. Als ihr Mann am Abend nach Hause kam, setzte sie ihm das Gericht vor. Er aß einige Löffel von der Grütze –, da kam auf einmal der Kopf eines Fisches zum Vorschein. Der Mann erschrak, und der Löffel fiel ihm aus der Hand. »Frau«, rief er, »schnell, nimm das Essen weg! Ich bin wieder verrückt geworden! Ich sehe Fische, wo keine sind!«

Da lachte sie und sprach: »Iß nur, iß! Du bist nicht verrückt geworden. Du bist heute ebenso bei Verstand wie gestern. Es sind nur die Ränke der Frauen, die dich daran zweifeln lassen!«

Da endlich begriff der Mann, daß alles nur ein Streich seiner Frau gewesen war, um ihm eine Lehre zu erteilen. Und von jenem Tage an sprach er in jedem Gebet:

»Gott schütze mich vor den Ränken der Frauen!«

Märchen der Kurden

Die hilfreiche Freundin

In einer fernen Stadt des alten Türkenreiches lebten einst zwei junge Mädchen, die waren seit frühester Kindheit miteinander befreundet. Die eine, Dschemile mit Namen, was soviel bedeutet wie »die Schöne«, war wirklich schön wie der volle Mond; die andere aber, die Dschelile hieß, war häßlich wie kaum ein zweites Mädchen in der Stadt. Die beiden liebten einander jedoch von ganzem Herzen, teilten Freude und Leid und halfen sich gegenseitig, wo sie nur konnten.

Einmal hatte die schöne Dschemile frischen Börek zubereitet. Sie legte einige Stücke davon auf einen Teller und ging damit in das Haus ihrer Freundin. Dschelile freute sich zwar sehr, als sie Dschemile erblickte, doch war ihr deutlich anzusehen, daß sie geweint hatte und ein schwerer Kummer sie bedrückte. »Sag mir, warum du so traurig bist!« bat Dschemile. »Wenn ich dir helfen kann, will ich es tun. Und kann ich es nicht, so will ich dich wenigstens trösten und dir in deinem Kummer beistehen.«

Dschelile hatte wieder zu weinen begonnen und erzählte der Freundin unter Tränen, was vorgefallen war. »Ach«, seufzte sie, »vor einigen Tagen wollte mein Vater mir einen schönen Samtstoff kaufen und ist deshalb zu dem reichen Tuchhändler in den Bazar gegangen. Er war eine Zeitlang allein im Laden und hat sich dort in aller Ruhe umgesehen und die Stoffe geprüft, bis der Händler erschien. Da behauptete der auf einmal, er vermisse eine große Summe Geldes, die in einem der Stoffballen versteckt gewesen sei. Mein Vater hat seine Unschuld beteuert, doch das hat nichts genützt. Die Gehilfen des Tuchhändlers haben ihn gepackt und zum Kadi gebracht, und der Kadi, der hat dem reichen Händler eher geglaubt als dem armen Schuster. Mein Vater mußte das verschwundene Geld ersetzen und dazu noch eine hohe Strafe zahlen. Nun sind all' unsere Ersparnisse dahin, aber schlimmer noch, als bitterarm zu sein, ist für uns die Schande, daß mein Vater als ein Dieb gilt.«

Dschemile umarmte die Freundin und tröstete sie, so gut sie konnte. »Trockne deine Tränen und vertraue darauf, daß die Wahrheit ans Licht kommt! Gott ist allwissend, gerecht und groß. Vielleicht gelingt es uns mit seiner Hilfe, ein Mittel zu finden, durch das dein Vater seine Ehre und sein Geld zurückerhält«, sagte sie. Dann machte sie sich auf den Heimweg und war ebenso bekümmert, wie ihre Freundin es war.

Als Dschemile sich an diesem Abend schlafen legte, fand sie keine Ruhe. Die ganze Nacht hindurch lag sie wach und überlegte, wie sie der armen Dschelile helfen könnte. Gegen Morgen kam ihr plötzlich ein Gedanke, der so klug und listig war, daß sie darüber ihre gute Laune wiederfand. Fröhlich stand sie auf und machte sich mit einem Tablett voll süßer Helwa gleich wieder auf den Weg zur Freundin.

»Dschelile, hör, welcher Streich mir für den Tuchhändler eingefallen ist!« rief sie. Die beiden setzten sich in einen Winkel und begannen zu flüstern, und je länger Dschemile sprach, um so vergnügter wurde Dschelile.

Als der Schuster die beiden Mädchen in ihrer Ecke leise lachen hörte, wurde er zornig und schimpfte: »Ist das die rechte Art, einem Vater Ehrerbietung zu erweisen?« Doch als seine Tochter ihm erzählte, welchen Plan Dschemile ausgeheckt hatte, lachte er aus vollem Halse, lobte den Plan und wünschte den beiden Mädchen für ihr Vorhaben Glück und gutes Gelingen.

Am nächsten Abend, zu der Zeit, da der Tuchhändler gewöhnlich seinen Laden schloß, begab sich Dschemile, die Schöne, tief verschleiert zu ihm. Sie bat ihn, er möge sie trotz der späten Stunde noch einlassen, denn sie habe etwas sehr Vertrauliches mit ihm zu besprechen. Der Tuchhändler war nicht weniger überrascht als neugierig und ließ sie eintreten. Sie wartete, bis er alle Türen und Fensterläden geschlossen hatte, und begann erst dann zu sprechen.

»Herr, ich flehe Euch an, helft mir!« so bat sie. »Ich kenne niemanden als Euch, dem ich mich in meinem Kummer anvertrauen kann und der mir Glauben schenken wird. So hört denn: Ich lebe allein mit meinem Vater, für den ich koche und sorge. Um mich nicht zu verlieren, will er nicht zulassen, daß ich heirate. Wenn nun also Bewerber in unser Haus kommen und um mich anhalten, erzählt er ihnen nichts als Lügen über mich. Er sagt, ich sei häßlich und kahlköpfig, so daß alle sich eilig davonmachen, denn wer will schon eine Frau, die häßlich und kahlköpfig ist? Ich fürchte nun, daß ich unverheiratet sterben muß, und bitte Euch, Herr, habt Mitleid mit mir und meinem traurigen Schicksal und befreit mich aus der Gewalt dieses eifersüchtigen und lügnerischen Vaters!«

»Wie stellst du dir das vor, wie soll das gehen?« fragte der Tuchhändler, »und wie kann ich wissen, daß nicht *du* lügst, sondern dein Vater die Unwahrheit spricht?«

»Ihr kennt meinen Vater, Herr, und wißt so gut wie ich, daß er ein Lügner ist: Ich bin die Tochter des Schusters, der Euch das Geld gestohlen hat«, erwiderte Dschemile. »Und wenn Ihr wissen wollt, ob ich so aussehe, wie er mich beschreibt«, fuhr sie leise und mit gespielter Verlegenheit fort, »so bittet mich doch, meinen Schleier einmal abzulegen ...«

Sie schwieg. Der Tuchhändler überlegte. Er wußte sehr wohl, daß es eigentlich nicht sein darf, daß ein Mann, der weder zur Familie gehört noch der rechtmäßige Ehemann ist, eine Frau unverschleiert sieht. Doch wer könnte sie hier beobachten, da doch sämtliche Türen und Fensterläden fest geschlossen waren?

»So hebe denn deinen Schleier!« sprach er mit fester Stimme, und als die schöne Dschemile es tat und er in ihre großen dunklen Augen blickte, über denen sich in schönem Bogen die schwarzen Augenbrauen wölbten, war es um ihn geschehen, und er verliebte sich auf das Heftigste in sie. Es blieb Dschemile nicht verborgen, wie sehr sie ihm gefiel. Sie freute sich darüber und war nun ganz sicher, daß ihr listiger Plan gelingen würde.

»Werdet Ihr morgen zu meinem Vater gehen und um meine Hand anhalten?« fragte sie. »Ich möchte so schnell wie möglich aus seinem Hause fort!«

Der Tuchhändler versprach es ihr und öffnete die Tür; sie schlüpfte hinaus und eilte gleich zu ihrer Freundin, um zu berichten, wie glücklich alles verlaufen war.

In dieser Nacht war es der Tuchhändler, der keine Ruhe fand: Die süßesten Phantasien raubten ihm den Schlaf! Früh am Morgen stand er auf und ging zu dem Schuster. »Ich bin gekommen, weil ich deine Tochter heiraten will«, sagte er, »wie du siehst, bin ich nicht nachtragend; also sei du es auch nicht und gib sie mir zur Frau!«

»Herr«, rief der Schuster, »macht Euch nicht unglücklich, meine Tochter ist häßlich wie die Nacht! Bisher hat noch kein Mann sie haben wollen!«

»Ich weiß, ich weiß«, erwiderte der Tuchhändler, »*ich* will sie aber, ich bin kein Mann wie die andern! Und damit du siehst, wie ernst es mir mit meinem Antrag ist, zahle ich dir als Brautpreis nicht nur die Summe, die du mir gestohlen hast, sondern dazu noch das Doppelte des Betrages, den die Strafe betrug. So hast du Geld genug, um es dir gutgehen zu lassen, wenn deine Tochter aus dem Haus ist und dir das Leben nicht mehr angenehm macht.«

Der Schuster ging auf das großartige Angebot ein, der Ehevertrag wurde aufgesetzt und der Tag für die Hochzeit bestimmt.

Bald darauf gingen Dschemile und Dschelile, beide tief verschleiert, gemeinsam mit dem Vater zu dem Tuchhändler, um in seinem Laden Samt- und Goldstoffe für die Braut und deren Freundin auszusuchen. Der Tuchhändler erkannte Dschemile an ihrer schönen Stimme und sah mit Wohlgefallen auf ihre hübschen kleinen Hände, die zärtlich über die Stoffe strichen, und seine Vorfreude auf die Hochzeit wuchs.

Endlich brach der große Tag an, und voll Ungeduld erwartete der Bräutigam die Stunde, da er mit der Braut im Schlafgemach allein sein würde. Als es endlich soweit war, sprach er mit bebender Stimme: »Nun, mein Herz, mein Täubchen, mein Lämmchen, lege deinen Schleier ab, damit ich mich an deiner Schönheit freuen kann!«

Dschelile, die Häßliche, tat es, und der Tuchhändler war starr vor Schreck. Das war nicht die Braut, von der er seit Wochen geträumt hatte! Als er sich gefaßt hatte, wies er sie barsch aus dem Zimmer, und Dschelile huschte hinaus. Auch in dieser Nacht fand der Tuchhändler keine Ruhe, doch waren es diesmal keine *süßen* Phantasien, die ihm den Schlaf raubten …

Am nächsten Morgen eilte er zu dem Schuster und stellte ihn wegen des Betrugs zur Rede. »Herr«, erwiderte der Schuster aufgebracht, »ich habe Euch nicht betrogen und Euch mit dem, was ich über meine Tochter sagte, genauso wenig belogen wie damals, als ich Euch schwor, Euer Geld nicht gestohlen zu haben! Im übrigen: Was für ein Mädchen habt Ihr denn unter dem Brautschleier zu finden gehofft?«

Der Tuchhändler wollte der Wahrheit gemäß antworten, schwieg dann aber lieber still und zahlte die Summe, die der Schuster für seine Einwilligung in die Scheidung verlangte, ohne Widerrede. Die Summe war, weiß Gott, nicht klein, doch wäre es ihn anders noch weit teurer zu stehen gekommen!

Dschemile und Dschelile aber erzählten einander ihren Streich immer wieder und lachten darüber. Sie lebten von dem mit List erworbenen Geld herrlich und in Freuden, und vielleicht lachen sie noch heute …

Märchen aus der Türkei

Das kluge Mädchen und der Dieb

Es war einmal eine Frau, die hatte eine Tochter. Eines Tages ging die Frau aus, um sich mit den Nachbarn zu unterhalten, und ließ die Tochter allein zu Haus. Da kam ein Dieb, um zu stehlen.

Als das Mädchen ihn erblickte, ging es hinaus, begrüßte ihn freundlich und sprach: »Willkommen, Onkel, wie geht es dir, Onkel?« Das Mädchen führte den Mann ins Haus, bewirtete ihn mit Kaffee und Zigaretten und redete dabei ohne Unterlaß: »So höre nur, Onkel! Vor zwei Tagen kamen Leute und hielten um mich an. Morgen werde ich mich verloben, und dann heirate ich und werde Kinder zur Welt bringen, schöne Kinder, Söhne, und den erstgeborenen nenne ich Hasan und den zweiten Husain; und die beiden werden groß und gehen zum Ballspielen auf die Gasse, aber dann, beim Spielen, geraten sie in Streit, und deshalb rufe ich sie, ich rufe laut: ›Hasan, komm her! Husain, komm auch her! Schnell, kommt beide her zu mir, schnell!‹ Ja, so rufe ich sie, bis sie kommen!«

Nun hießen aber die beiden Söhne der Nachbarsleute Hasan und Husain. Sie hörten das Rufen des Mädchens, kamen schnell zu ihm gelaufen und fragten: »Was ist los? Was gibt's?«

»Packt ihn!« sagte das Mädchen und deutete auf den fremden Mann. Sie packten ihn und schrien ihn an: »Was suchst du hier, du, dessen Eltern verflucht seien?«

Der Dieb erschrak und erwiderte: »Bei meinem grauen Bart, ich schwöre, daß noch niemand mir in meinem langen Leben einen solchen Streich gespielt hat wie dieses Mädchen! Ich bin ein Dieb und kam hierher, um zu stehlen … Aber nun gelobe ich in Gottes Hand und in die Hand dieses Mädchens: Ich werde das Stehlen aufgeben!«

Und damit ging er davon.

Märchen aus Palästina

Von den mutigen kurdischen Mädchen

Es war einer, es war keiner,
keinen außer Gott gab es
unter der blauen Kuppel des Himmels.

In einem Tal in den Bergen Irans lebte einst ein Stamm von Nomaden. Eines Tages sagten elf der ältesten Mädchen zu der Tochter des Stammesfürsten: »Komm, wir wollen uns jede einen Ballen Wolle nehmen und uns damit zum Spinnen auf den Gipfel eines hohen Berges setzen.«

Gesagt, getan ... Als sie aber am Nachmittag den Berg herabstiegen, sahen sie, daß der Stamm weitergezogen war und auf dem alten Lagerplatz Wasser und Brot für sie zurückgelassen hatte. Die Tochter des Stammesfürsten hieß Schah-Ssanam. Sie sagte: »Wir müssen ihnen nach!«

Sie machten sich auf den Weg und kletterten über Berge und Hügel. Sie liefen und liefen, bis die Nacht hereinbrach. Da sahen sie in der Ferne zwei funkelnde Augen. Sie erschraken und begannen vor Angst zu zittern. Aber was blieb ihnen anderes übrig, als tapfer weiterzugehen? Bald standen sie vor einem großen Wolf. Als der große Wolf die mutigen Mädchen sah, dachte er: »Haaa ..., wie fett, wie zart, wie lecker wird heute mein Abendessen sein!« Er grüßte die Mädchen ausgesucht höflich, sie erwiderten seinen Gruß, und er sagte zu ihnen: »Ihr solltet nicht im Freien übernachten, meine Mädchen, die wilden Tiere könnten über euch herfallen. Kommt mit und schlaft bei mir!«

Die zwölf waren einverstanden. Als sie beim großen Herrn Wolf eintraten, riefen sie: »Was für ein hübsches Haus! Was für wertvolle Teppiche! Und wie schön und sauber das Bettzeug!«

Kurz und gut, nachdem sie zu Abend gegessen hatten, legten sie sich zu Bett, jede in ein Bett für sich allein, und schliefen ein. Da sagte der große Herr Wolf seinen Kumpanen Bescheid, daß er reiche Beute gemacht hatte, und fünf seiner Kumpane eilten schnellstens herbei und hatten sich ihre Zähne scharfgemacht, um besser zubeißen zu können.

Der Chef der Wölfe trat zu den Mädchen ans Kopfende und fragte: »Wer schläft? Wer ist wach?«

Schah-Ssanam antwortete: »Sie schlafen alle, nur ich bin noch wach.«

Da sagte der große Wolf: »Fühl dich geborgen, überlaß mir deine Sorgen und schlaf!«

Schah-Ssanam antwortete: »Wenn ich zu Hause nicht einschlafen konnte, legte mein Vater mir zwölf Männerkleider ans Kopfende, und schon schlief ich tief und fest.«

Die Wölfe schwärmten zum Stehlen aus, kehrten bald mit zwölf Männerkleidern zurück und legten sie dicht neben Schah-Ssanams Kopf. Dann fragte der große Herr Wolf wieder: »Wer schläft? Wer ist wach?« Abermals antwortete Schah-Ssanam: »Sie schlafen alle, nur ich bin noch wach.«

»Fühl dich geborgen, überlaß mir deine Sorgen und schlaf!« sagte der große Wolf, und Schah-Sanam antwortete: »Wenn ich nicht schlafen konnte, stellte meine Mutter mir zwölf Pferde und zwölf Gewehre ans Kopfende und legte zwölf Schläuche mit Traubensirup dazu, schon schlief ich ein.« Die Wölfe schafften auch all dies heran, und der große Herr Wolf fragte: »Wer schläft? Wer ist wach?«

Schah-Ssanam antwortete: »Sie schlafen alle, nur ich bin noch wach.«

»Fühl dich geborgen, überlaß mir deine Sorgen und schlaf!« sagte der Chef der Wölfe darauf, und das Mädchen antwortete: »Lauft und holt mir zwölf Siebe voll Wasser, dann schlafe ich ein!«

Die Wölfe waren gräßlich wütend und ebenso hungrig, aber was sollten sie machen? Also rannten sie mit zwölf Sieben zum Bach, aber sooft sie die Siebe ins Wasser tauchten, sie blieben leer, es gelang dem großen Herrn Wolf und seinen Freunden nicht, sie vollzumachen, die Armen mühten sich ganz vergeblich ab. Schah-Ssanam aber, die sie ausgeschickt hatte, schwarze Erbsen zu holen (das heiß: die ihnen eine unausführbare Aufgabe gestellt hatte), wartete nicht lange und weckte die anderen Mädchen. Die zwölf legten die Schläuche mit Sirup an ihrer Stelle in die Betten und zogen die Männerkleider an, hängten sich die Gewehre um, bestiegen die Pferde und flüchteten im Galopp …

Der große Herr Wolf sah endlich ein, daß es unmöglich war, die Siebe zu füllen, und sagte wutschnaubend zu seinen Kumpanen: »Schluß jetzt und zurück nach Hause! Wir wollen sie fressen, ob sie schlafen oder nicht!«

Die Wölfe rannten zurück, stürzten sich auf die Betten, rissen die Schläuche auf und tranken gierig von dem Sirup. »Oh, Schah-Ssanam«, murmelte der Chef der Wölfe, »wenn schon dein Blut so süß ist, wie schmeckt dann erst dein Fleisch?«

Der Morgen kam, und die Wölfe erkannten, daß Schah-Ssanam und ihre Freundinnen sie hereingelegt hatten. Wütend nahmen sie die Verfolgung auf.

Als die Mädchen merkten, daß die Wölfe ihnen auf den Fersen waren, trieben sie ihre Pferde an, lenkten sie in den Fluß und kamen glücklich ans andere Ufer. Die Wölfe wollten ihnen nach, scheuten sich aber, ins Wasser zu springen. Sie liefen am Ufer hin und her und fingen an zu jammern und um Hilfe zu betteln. Die großherzige Schah-Ssanam hatte Mitleid mit ihnen und rief zu ihnen hinüber: »Tretet doch auf die weißen Steine, die ihr da im Fluß liegen seht, dann kommt ihr sicher herüber!« Die Wölfe setzten zum Sprung an, sprangen gemeinsam los, aber weil die weißen Steine nichts als weiße Schaumflocken waren, fielen sie allesamt ins Wasser und wurden von der Strömung mitgerissen …

Die Mädchen ritten weiter über hohe Gebirge und flaches Land. Sie holten endlich ihren Stamm ein und erzählten, was sie alles erlebt hatten. Da wurde ein Freudenfest gefeiert, das dauerte sieben Tage und sieben Nächte, und weil die zwölf Mädchen so mutig gewesen waren, durften sie sich danach selbst einen Ehemann auswählen. Also suchte sich jedes Mädchen unter den tapferen jungen Männern des Stammes einen Bräutigam, der ihr gefiel, und heiratete ihn.

Unsere Geschichte ist an ihr Ende gekommen, die des Herrn Wolf hat kein gutes Ende genommen.

Persisches Märchen

Wie der Wanderderwisch überlistet wurde

Einst gab es eine alte Frau, die hatte sieben Töchter. Diese sieben Töchter lebten in einer Burg, und die Burg hatte sieben Tore. Jede Nacht mußte eines der Mädchen diese sieben Tore zuschließen. Eines Nachts war die jüngste Tochter an der Reihe. Sechs Tore sperrte sie zu, doch vergaß sie das siebente, und es blieb offen.

In der Nacht setzten sich die Mädchen im Kreis zusammen und sprachen über dies und das. Da kam ein Wanderderwisch zu der Burg und sah: Ein Burgtor steht offen. Er drang in die Burg ein und fand die Mädchen. Als die Mädchen den Wanderderwisch erblickten, machten sie ein großes Geschrei und riefen ihre Mutter. Die Mutter kam und fragte den Wanderderwisch: »Was willst du?«

Er sagte: »Ich will eines von diesen Mädchen.«

Da fragte die Mutter ihre Töchter: »Welche von euch war heute an der Reihe, die Tore zu schließen?«

Die älteren Mädchen antworteten: »Sie war es, unsere kleine Schwester war es!«

Da sagte die alte Frau zu ihrer jüngsten Tochter: »Die Hexe soll dich holen! Und der Leichenwäscher soll die Hexe holen! Sechs Tore hast du zugeschlossen und eines nicht geschlossen! Jetzt geh und werde die Frau des Wanderderwischs!«

Wie sehr die Jüngste auch weinte und rief: »Ich bin doch die Kleine, gib ihm eine der größeren Schwestern zur Frau«, die Mutter verschloß ihre Ohren und sagte: »Den Fehler hast du selbst gemacht! Wie könnte ich einer anderen deine Strafe auferlegen?«

Sie überließ ihre jüngste Tochter dem Wanderderwisch, und der ging mit ihr davon. Aber als sie fort war, fingen die Mutter und alle Schwestern an zu weinen und weinten vor Kummer Tag und Nacht.

Der Wanderderwisch und das Mädchen waren ein wenig gegangen, da führte das Mädchen den Derwisch in die Irre, kehrte um und wollte nach Hause zurücklaufen. Er merkte es aber, packte es und sagte: »Du, der die Haare abgeschnitten gehören, hast mich in die Irre geführt und willst fliehen!«

Das Mädchen sah ein: Auf diese Weise kann es ihm nicht entkommen. So sagte es zu ihm: »Ich werde dir nicht mehr weglaufen! Du bist ein guter Mensch, und ich mag dich. Komm, laß uns gehen und Mann und Frau werden!«

Der Wanderderwisch führte das Mädchen zu seinem Haus und sagte: »Nun werde meine Frau!«

Da antwortete das Mädchen: »Es sei! Aber zuerst muß unsere Heirat sein, und so muß sie vonstatten gehen: Mann und Frau nehmen einen großen Korb oder auch einen Bienenkorb. Sie gehen damit in die Berge und steigen auf einen Gipfel. Als erste kriecht die Frau in den Korb. Der Mann bindet ihn zu und sagt zu der Frau: ›Ich bin blind und lahm und gebrechlich, magst du mich?‹ Die Frau antwortet: ›Freilich!‹ Darauf kriecht der Mann in den Korb, und die Frau sagt zu ihm: ›Ich bin blind und lahm und gebrechlich, magst du mich?‹ Und der Mann antwortet: ›Freilich!‹ Dann sind sie ganz vertraut miteinander und leben zusammen als Mann und Frau.«

Der Wanderderwisch ging und fand bald einen Bienenkorb. Sie hoben ihn gemeinsam auf und stiegen auf einen Berg. Oben kroch der Wanderderwisch in den Korb und sagte: »Ich bin blind und lahm und gebrechlich, magst du mich?« Der Wanderderwisch sagte: »Freilich!« … Nein, das Mädchen kroch …, Verzeihung …! Also, erst kroch das Mädchen in den Korb, und der Wanderderwisch sagte zu ihm: »Ich bin blind und lahm und gebrechlich, magst du mich?«

»Freilich!« antwortete das Mädchen.

Jetzt erst war die Reihe an dem Wanderderwisch. Er kroch in den Korb, das Mädchen band die Öffnung fest zu und sagte: »Ich bin blind und lahm und gebrechlich, magst du mich?«

»Freilich!« antwortete der Derwisch aus dem Korb.

Da gab das Mädchen dem Korb einen kräftigen Stoß, daß er den Berg hinunterrollte, und rief hinterher: »So rolle, rolle und tu, was du willst!« Dann stand es auf und kehrte nach Hause zurück.

Als die Mutter und die Schwestern es erblickten, freuten sie sich und fragten nach seinen Erlebnissen. Da berichtete es, wie es mit dem Wanderderwisch verfahren war, und es gefiel den übrigen sehr.

... Einmal war ein Satz falsch: Das Mädchen kroch zuerst in den Korb, und danach kroch der Wanderderwisch in den Korb; das Mädchen hat gesagt: »Freilich mag ich dich!« Daß der Wanderderwisch zuerst »freilich« gesagt hat, das war falsch.

Märchen der Chaladsch aus dem Iran

Von den sieben Mädchen und der Menschenfresserin

Es war einmal ein Mann, der hatte eine Frau, und die gebar ihm sieben Töchter. Eines Tages starb die Frau und ließ den Vater mit den Töchtern allein zurück. Nach einiger Zeit nahm der Mann eine neue Frau. Sie zog die Kleinen auf, doch wurde sie ihrer bald überdrüssig. Deshalb sagte sie eines Tages zu ihrem Mann: »Schaff uns die Mädchen vom Hals und töte sie, oder aber gib mir meinen Scheidebrief, damit ich fortgehen kann!«

Der Mann liebte seine zweite Frau und sagte: »Wie soll ich denn anfangen, was du von mir verlangst?«

»Schaff die Mädchen in den Wald und führe sie dort in die Irre«, erklärte die Frau.

»Gut«, versetzte der Mann, »so will ich es machen.«

Am folgenden Tag sagte er zu seinen Töchtern: »Auf, wir wollen gehen und das Vieh weiden!«

So gingen sie denn zusammen und weideten das Vieh. Die jüngste Tochter hatte aber in einem Bündel, welches sie in der Hand trug, Asche mitgenommen. Sobald sie die Stadt verlassen hatten, streute sie immer ein wenig Asche auf den Weg, wohin sie auch gingen. Schließlich kamen sie an einen weit entfernten Ort. Der Vater führte die Töchter unter einen Baum und sprach: »Bleibt hier, bis ich wiederkomme!«

Die Kleinen setzten sich unter den Baum, der Vater aber machte sich auf den Heimweg.

Die Nacht kam, und das jüngste Mädchen sprach zu seinen Schwestern: »Euer Vater hat uns hier allein gelassen. Er kommt nicht wieder zurück. Auf, wir wollen auch nach Hause gehen!«

»Aber wir wissen doch den Weg nicht!« versetzten die älteren Schwestern. Da sprach die Jüngste: »Geht nur hinter mir her!«

Sie folgte der Aschenspur und war mit den Schwestern bald daheim. Sie fanden den Vater beim Abendessen, und er sagte zu ihnen: »Ich wollte euch holen.« Da versetzten sie: »Nun, wir haben allein hergefunden.« In der Nacht sprach seine Frau zu ihm: »Ich glaube dir nicht, daß du deine Töchter in den Wald geführt hast. Du lügst mir etwas vor! Gib mir die Scheidung und lebe mit deinen Töchtern!«

»Sie sind meine Töchter«, erwiderte er. »Denk du nach und sag mir, was ich mit ihnen tun soll!«

»Ich will nachdenken«, sagte die Frau, und sie schwiegen beide.

Nach drei Tagen sagte die Frau zu ihrem Mann: »Bitte dir bei den Nachbarn Festkleider für die Mädchen aus! Gib ihnen die Kleider und sprich: ›Kommt, wir wollen zu einer Hochzeit gehen!‹ Dann bringst du sie zu einem Brunnen an einen fernen Ort, wirfst deinen Fez hinein und fragst: ›Welche von euch, meine Kleinen, hat mich so lieb, daß sie in den Brunnen hinabsteigt und mir meinen Fez zurückholt ?‹ Wenn nun eine hinabsteigen will, soll sie vorher das Festkleid ausziehen. Warte, bis sie alle im Brunnen sind, dann nimm ihre Kleider und komme zu mir zurück!«

Eines Morgens stand der Mann in aller Frühe auf und sagte zu seinen Töchtern: »Ich habe einen Freund; er ist Beduine. Bei ihm findet heute eine Hochzeit statt, und ich möchte mit euch, meine Töchter, zu dem Fest gehen.«

Hierauf ließ er seine Töchter die geborgten Kleider und den geborgten Schmuck anlegen, und sie machten sich auf den Weg. Sie kamen an eine öde Stelle, an welcher sich ein Brunnen befand. Der Vater trat zu dem Brunnen und warf seinen Fez hinein. Dann sprach er zu den Mädchen: »Welche von euch, meine

Kleinen, hat mich lieb und wird in den Brunnen steigen und mir meinen Fez herausholen?«

»Ich will es tun!« versetzte die Älteste.

Da sprach der Vater: »Zieh aber deine Kleider aus, bevor du hinabsteigst!«

Das Mädchen tat es, aber es konnte den Fez des Vaters nicht zurückbringen. Den fünf nächsten Mädchen ging es ebenso. Dann war nur noch die Jüngste übrig, und der Vater sprach zu ihr: »Die sechs haben meinen Fez nicht heraufholen können, da wirst du es tun müssen!« »Gut!« sagte die jüngste Tochter. Aber ehe sie hinabkletterte, stieß sie die Kleider ihrer Schwestern vom Brunnenrand in den Brunnen.

Da rief der Vater: »Du willst mich hintergehen!«

Seine Tochter sagte aber: »Du bist es, der uns hintergeht! Deiner Frau wegen hast du uns weggeworfen! Geh nur fort von hier! Uns wird Gott behüten, aber du geh zu der, derentwegen du uns weggeworfen hast!«

Nachdem sie so zu ihrem Vater gesprochen hatte, warf sie sich in den Brunnen hinab, in dessen Tiefe sich ihre Schwestern befanden. So waren alle sieben Schwestern unten im Brunnen und begannen zu graben. Sie gruben einen unterirdischen Gang, der sie eines Tages zu der Behausung einer Menschenfresserin führte, die einäugig war. Die Menschenfresserin mahlte Mehl für das Abendbrot. Das jüngste Mädchen stahl der Menschenfresserin von dem gemahlenen Mehl und gab ihren Schwestern davon zu essen. Wie fleißig die Hexe auch immer mahlte, ihr Mehl wurde weniger und weniger. Darum sprach sie:

»Wie geht das zu?«

Sie holte einen Hahn und setzte ihn in eine Höhlung. Als das Mädchen seine Hand wieder nach dem Mehl ausstreckte, krähte der Hahn. Die Hexe packte das Mädchen am Arm und hielt es fest. Sie fragte: »Ist noch jemand anderes hier?«

»Nein«, antwortete das Mädchen.

Da sagte die Menschenfresserin: »Bleibe hier! Ich mache dich zu meiner Tochter.«

Das Mädchen blieb als Tochter bei der Menschenfresserin und besorgte den Haushalt. Als der Mann der Menschenfresserin einmal kam, fragte er: »Woher ist sie?« Und die Menschenfresserin sagte: »Gott hat sie mir geschickt, damit ich eine Tochter habe.«

Das Mädchen machte es immer so, daß es das Abendessen für die Menschenfresserin und deren Mann bereitete, aber den beiden nur die eine Hälfte vorsetzte. Die andere Hälfte gab es seinen Schwestern, die sich in dem unterirdischen Gang versteckt hielten.

Drei Jahre war das Mädchen schon im Dienst der Menschenfresserin, und das große Hexenfest kam heran. Da sagte die Frau zu ihrem Mann: »Nimm das Mädchen mit in den Wald und schlachte es! Es soll unser Festbraten sein.«

Der Mann nahm die Kleine mit in den Wald. Da sahen sie eine Palme, die sehr hoch war und viele Datteln trug. »Steig auf die Palme und pflücke mir ein paar Datteln!« bat das Mädchen. »Ich will inzwischen Holz für meine Mutter kleinmachen.«

»Gut!« versetzte der Menschenfresser und stieg in den Wipfel der Palme hinauf. Indessen sputete die Kleine sich, sammelte Brennholz und schichtete es um den Stamm der Palme herum auf.

»Warum schichtest du das Holz rings um die Palme auf?« fragte der Menschenfresser.

Die Kleine erwiderte: »Pflück mir Datteln und kümmere dich um weiter nichts! Ich tue nur meine Arbeit.«

Sie sammelte weiter Brennholz. Zehn Bündel sammelte sie und legte alle um die Palme. Dann zündete sie das Holz an.

»Rette mich!« schrie der Menschenfresser. »Was du auf der Welt wünschst, will ich dir geben!«

»Nein«, sagte das Mädchen, »ich will nicht.« Da stürzte der Menschenfresser von der Palme herab mitten ins Feuer und verbrannte. Das Mädchen aber ging nach Hause.

»Wo ist dein Vater geblieben?« fragte die Menschenfresserin.

»Er ist müde geworden. Er ruht sich aus und wird bald kommen«, erwiderte das Mädchen.

»Laß mich auf deinen Rücken steigen! Wir wollen ihm entgegengehen«, sagte die Frau.

Das Mädchen ließ sie aufhocken und ging mit ihr los. Während sie so gingen, kamen sie an einen bodenlos tiefen Brunnen. Das Mädchen warf die Hexe hinein, und sie stürzte sich zu Tode. Da ging das Mädchen und holte seine Schwestern aus dem unterirdischen Gang. Sie sahen sich in der Behausung der Menschenfresserin um und fanden viel Geld und viele schöne Dinge. Als sie das Loch entdeckten, durch welches der Menschenfresser immer in die Oberwelt gelangt war, krochen sie hindurch. Zu ihrem Vater wollten sie nicht mehr zurück, und so gingen sie in das Dorf des Obersten ihres Stammes.

Eine jede nahm sich einen Mann und lebte mit ihm reich und glücklich.

Märchen aus Tunesien

Von dem Vater und seinen sechs Töchtern

In alter Zeit, die längst vorbei,
als das Sieb lag drinnen in der Spreu,
zogen wir ohne Rast, ohne Ruh herum,
von Manisa nach Tura, von hier nach dort;
wie den Ringkämpfer Hamza trieb es uns um,
wir blieben nie lange an einem Ort,
zogen gleich wieder fort:
von den Bergen zu Tal wie ein Wirbelwind,
die Bäche hinunter wie selber ein Bach,
pflückten Tulpen und Hyazinthen
und vergnügten uns mit Rauchen und Kaffeetrinken;
gingen bergauf und bergab, gingen wenig und viel
und waren nach Jahr und Tag erst am Ziel.
Wir blieben stehen und blickten zurück:
Da war der Weg, der hinter uns lag,
nur ein gerstenkornkurzes Stück.

Es war einmal, es war keinmal ein armer Mann, der lebte mit seinen sechs Töchtern mehr schlecht als recht irgendwo in einer kleinen Stadt. Und die Tage vergingen …

Eines Abends, als der Mann wie gewöhnlich in das Kaffeehaus am Ort ging, rief ihm plötzlich einer der Gäste zu: »He, du, bist du nicht der Vater der sechs dummen Gänse?«

Derart verspottet errötete der Mann bis unter die Haarwurzeln und brachte den ganzen Abend vor lauter Scham kein Wort mehr heraus. Selbst als er wieder zu Hause war, konnte er die Beleidigung nicht vergessen und wurde nicht froh. Da sah seine älteste Tochter ihn aufmerksam an und fragte: »Lieber Vater, was bekümmert dich? Willst du es mir nicht erzählen?«

»Ach«, erwiderte der Vater, »der und der hat vorhin im Kaffeehaus das und das zu mir gesagt.«

Da lachte das Mädchen und rief: »Hört euch an, worüber sich unser Vater Gedanken macht! Und ich habe geglaubt, es gehe um meine Heirat!« Als der Vater das hörte, waren es zwei Sorgen statt einer, die ihm das Herz schwermachten, und am nächsten Tag betrat er das Kaffeehaus doppelt bedrückt.

An diesem Abend wie auch an den folgenden Abenden erging es ihm ebenso wie am Tage zuvor: Immer derselbe Mann stellte ihn mit immer dem gleichen Satz vor den anderen Gästen bloß, und er wußte nicht, was er ihm antworten sollte. Kam er dann nach Hause und klagte seinen älteren Töchtern sein Leid, so lachten sie ihn nur aus. Sie meinten, er sollte sich über wichtigere Dinge den Kopf zerbrechen und zum Beispiel überlegen, wie er sie alle sechs recht bald verheiraten könnte, und diese Antwort machte den Vater erst recht unglücklich.

Als er am sechsten Abend nach Hause kam, war es seine jüngste Tochter, die ihn besorgt ansah und fragte: »Lieber Vater, was bekümmert dich?« Da erzählte der Vater ihr die ganze Geschichte. Sie tröstete ihn und sprach: »Väterchen, mach dir keine Sorgen! Geh morgen abend wieder ins Kaffeehaus! Wenn der Mann dich dann wieder beleidigt, sagst du einfach zu ihm: ›Na und, du Vater von sechs ... Hundesöhnen!‹« (Es war nämlich so, daß der andere Mann sechs Söhne hatte und darauf sehr stolz war.) Da lachte der Vater der sechs Töchter und rief: »Ja, das werde ich tun«, und ging froh zu Bett.

Als er am folgenden Abend heimkehrte, sah er jedoch noch bekümmerter aus als am Tag zuvor. Seine jüngste Tochter hatte ungeduldig auf ihn gewartet. Sie schaute ihn prüfend an und fragte beklommen: »Väterchen, lieber Vater, wie ist es dir ergangen?«

»Schlecht ist es mir ergangen, schlecht!« rief der Vater. »Stell dir vor, der Vater der sechs Söhne war keineswegs beleidigt, als ich seine Söhne ›Hundesöhne‹ nannte! Er lachte und meinte: ›Hundesöhne, nun ja, aber doch immerhin *Söhne,* richtige *Männer,* wie man sie braucht, um Heldentaten zu vollbringen oder schwierige Kunststücke auszuführen, für die Frauen und Mädchen längst nicht geschickt genug sind! Oder meinst du, es könnte einer deiner Töchter zum Beispiel gelingen, dem Sohn des Beys seinen goldenen Apfel zu stehlen?‹ Als ich das hörte, war mein Kopf auf einmal ganz leer, und ich wußte wieder nicht, was ich antworten sollte.«

Das Mädchen tröstete den Vater noch einmal und sprach: »Mach dir keine Sorgen, Väterchen! Ich will ausziehen und den goldenen Apfel für dich holen. Sag das dem Vater der sechs Söhne, und wette ruhig eine große Summe darauf, daß mir das Kunststück gelingt! Gott wird mir helfen, und du wirst dich meiner nicht zu schämen brauchen.«

Am folgenden Tag wiederholte der Vater der sechs Töchter vor dem Vater der sechs Söhne alles genau so, wie seine jüngste Tochter es ihm aufgetragen hatte. Darauf entstand zwischen den beiden Vätern ein heftiger Streit, in den sich im Laufe des Abends immer mehr Gäste einmischten, indem die einen für den einen Vater und die anderen für den anderen Vater Partei ergriffen. Am Ende wurde eine handfeste Prügelei daraus, und die ganze Gesellschaft landete erst im Gefängnis und dann vor dem Richter. Sie trugen ihre Sache vor, und der Richter überlegte eine Weile. Dann sprach er folgendermaßen: »Wir werden sowohl den jüngsten Sohn des einen Vaters als auch die jüngste Tochter des anderen Vaters ausschicken. Beide sollen sie versuchen, den goldenen Apfel des jungen Beys in ihren Besitz zu bringen. Der Ausgang des Unternehmens wird uns zweifelsfrei beweisen, welcher Vater recht hat.«

Alle waren mit diesem Spruch einverstanden, und die jungen Leute beschlossen, noch am selben Tag aufzubrechen. Der Richter ermahnte den jungen Mann, dem jungen Mädchen auf der langen Reise keinesfalls zu nahe zu treten. Das Mädchen zog Männerkleider an und erhielt den Männernamen Ali Sağdıç.

Der junge Mann nannte seine Gefährtin von nun an nur noch bei diesem Namen und kommandierte sie den ganzen Tag herum: »Hierher, Ali Sağdıç, nein, dorthin, Ali Sağdıç, beeil dich, Ali Sağdıç, warte, wart doch, nicht so schnell, Ali Sağdıç«, so ging es von früh bis spät ... *Weit ritten sie, Berg und Tal durchschritten sie, pflückten Tulpen und Hyazinthen und vertrieben ihre Müdigkeit durch Rauchen und Kaffeetrinken ...*

Am zweiten oder dritten Tag kamen sie an eine Brücke, die über einen reißenden Fluß führte. Sie wollten hinüberreiten, aber da verweigerten ihre Pferde plötzlich den Gehorsam. Sie blieben vor der Brücke wie angewurzelt stehen und waren durch nichts in der Welt dazu zu bewegen, sich wieder in Trab zu setzen. Die beiden jungen Leute waren darüber so verzweifelt, daß sie keine andere Möglichkeit sahen, als umzukehren. Das Mädchen wollte aber doch nicht so schnell aufgeben und sagte zu seinem Begleiter: »Reite du nur schon zurück! Ich will mich noch ein wenig ausruhen und komme dir bald nach.«

Als der junge Mann sein Pferd gewendet hatte und davongeritten war, begann das Mädchen zu überlegen: »Wenn mein Pferd scheut, dann vielleicht deshalb, weil es irgendetwas sieht, was ihm Angst einjagt ... Und wenn ich ihm die Augen verbinde? ... Ich will es versuchen!« Das Mädchen verband dem Tier die Augen, lenkte es vorsichtig in die gewünschte Richtung, gab ihm einen leichten Schlag mit der Gerte, und wirklich, in zwei, drei, vier, fünf Sprüngen setzte das Pferd über die Brücke!

Als der junge Mann sich nach seiner Gefährtin umsah und sie am jenseitigen Ufer entdeckte, staunte er. Er wollte es ihr gleichtun, wendete sein Pferd und rief ihr zu, sie solle warten. Er gab seinem Pferd die Sporen, doch vor der Brücke scheute es und bäumte sich hoch auf. Nur mit Mühe konnte er sich im Sattel halten und wäre beinahe in den Staub gefallen. Darüber geriet er in heftigen Zorn. Er schlug auf das Tier ein und hörte nicht eher auf, als bis es tot unter ihm zusammenbrach. Was sollte nun werden? Sollte er zu Fuß weiterwandern? Unmöglich! Dazu war der Weg viel zu weit! Also nahm er dem Pferd den Sattel ab, legte ihn sich selber über die Schulter und machte sich beschämt und verlegen auf den Heimweg.

Das Mädchen aber ritt weiter und ritt viele Stunden lang. Gegen Abend kam es in ein kleines Dorf und beschloß: »Hier will ich die Nacht über bleiben!« Vor einem Haus sah es eine alte Frau sitzen und sprach sie an: »Großmütterchen, ich komme als Gast Gottes zu dir. Bitte nimm mich diese Nacht in deinem Haus auf!«

»Komm nur, komm, mein Töchterchen!« antwortete die Alte freundlich. Sie hatte niemanden mehr und lebte allein mit ihrem Pudel. Das Mädchen trat ein und erzählte, daß es unterwegs sei, um den goldenen Apfel des jungen Beys in seinen Besitz zu bringen. Da lachte die Alte ... und pfiff ihren Hund herbei. »Nimm ihn mit und trenne dich nie von ihm!« sagte sie. »Er wird dir nützlich sein.« Als das Mädchen sich am nächsten Morgen von ihr verabschiedete, gab sie ihm ein Stückchen Hefe und sprach: »Wenn du an das Meer kommst, wirf die Hälfte der Hefe hinein! Dann wird sich das Wasser vor dir teilen, und du gelangst sicher und trocken ans andere Ufer. Dort beginnt das Land des jungen Beys. Aber verwahre die zweite Hälfte der Hefe gut, damit du ebenso rasch und sicher zurückkehren kannst!«

Das Mädchen dankte der Alten und ritt am nächsten Morgen frisch und ausgeruht weiter. Es kam ans Meer, kam mit

Hilfe der Hefe auf wunderbare Weise hindurch und war nun endlich am Ziel, im Lande des Beys. Schon sah es in der Ferne den prächtigen Palast und gewahrte vor dem Palast, an eines der Tore gelehnt, den jungen Bey.

Wie staunte der junge Bey, als er auf einmal unten am Strand einen Reiter erblickte, neben dem ein Pudel lief! Und er staunte noch mehr, als der Reiter näher kam und er sah, wie schön jener war – allerdings war es eine Schönheit, die ihn ebenso sehr entzückte, wie sie ihn verstörte.

Der junge Bey hieß den Fremden in seinem Lande herzlich willkommen und fragte nach seinem Namen.

»Ich heiße Ali Sağdıç«, antwortete das Mädchen.

Der junge Bey lud Ali Sağdıç ein, sein Gast zu sein. Er führte ihn in den Palast und ließ ihn in einem schönen Zimmer allein, damit Ali Sağdıç sich ausruhe und erfrische. Dann ging er zu seiner Mutter und sprach: »Liebe Mutter, wir haben einen Gast. Er trägt Männerkleider und auch einen Männernamen, doch ich kann nicht glauben, daß er ein Mann ist: Sein Antlitz ist zart wie das eines Mädchens! Gibt es ein Mittel, durch welches ich mir Gewißheit verschaffen kann?«

»Nichts einfacher als das!« rief die Mutter. »Lege heute nacht Rosenblätter unter sein Laken! Ein Mädchen hat mehr Glut, mehr Feuer als ein Mann; die Blütenblätter werden bis zum Morgen verwelkt sein.«

Nun war aber der Pudel dem jungen Bey nachgesprungen und hatte alles mit angehört. Schnell lief er zu seiner jungen Herrin und warnte sie.

Am Abend, als das Nachtlager für den Gast bereitet werden sollte, überließ der junge Bey diese Arbeit nicht wie sonst seinen Dienern, sondern tat sie zum Erstaunen aller höchstselbst. Als er Ali Sağdıç später zum Schlafen allein ließ, streckte sich der aber nicht auf dem weichen Lager aus. Er brachte die seidenen Kissen und Decken nur ein wenig in Unordnung und ließ sich daneben auf dem Boden nieder. Er rauchte und spielte mit dem Pudel, und so verging ihm die Nacht schnell.

Früh am nächsten Morgen erschien der junge Bey, um Ali Sağdıç zu wecken. Wie enttäuscht war er aber, als er seinen Gast hellwach und angekleidet auf dem Boden sitzen sah! Der junge Bey räumte Decken und Kissen eigenhändig fort - auch das hatte er noch nie zuvor getan - und fand die Rosenblätter: Sie waren so taufrisch wie am Abend zuvor! Er nahm sie, lief damit zu seiner Mutter und rief »Schau, Mutter, schau, doch ich kann trotzdem nicht glauben, daß Ali Sağdıç ein Mann ist! Hat denn ein Mann so zarte Wangen, daß ich immer nur davon träume, sie zu liebkosen?«

»So versuche ein anderes Mittel, um deine Zweifel zu zerstreuen!« schlug die Mutter vor. »Lade deinen Gast ein, mit dir auf den Bazar zu reiten, und gehe mit ihm zu den Goldschmieden! Ist er ein Mädchen, wird er sich in den schimmernden Schmuck verlieben und etwas kaufen wollen. Unterwegs gib ihm einen kräftigen Stoß! Mädchen können solche Grobheiten nicht vertragen und fangen gleich zu weinen an.«

Der junge Bey folgte den Ratschlägen seiner Mutter und ritt mit Ali Sağdıç zum Bazar. Auf dem Weg dorthin gab er ihm wie zum Scherz einen Kinnhaken, aber der war so heftig, daß sein Gefährte einen Zahn verlor. »Das macht nichts!« rief Ali Sağdıç und lachte. Er suchte eine Weile in seinen Taschen, bis er eine Perle fand, und setzte die Perle in die Zahnlücke ein.

Als sie zu den Läden der Juweliere kamen, hatte er keine Freude an Perlen und Edelsteinen und meinte: »Was soll mir dieser nutzlose Plunder? Das ist Weiberkram. Laß uns lieber zu den Messerschmieden reiten, damit ich ein gutes Messer kaufen kann. Meines ist mir auf der Reise abhanden gekommen.«

Bei den Messerschmieden prüfte Ali Sağdıç lange, wählte mit Bedacht das allerbeste Stück und machte es sogleich an seinem Gürtel fest.

Kaum waren sie in den Palast zurückgekehrt, lief der junge Bey zu seiner Mutter und berichtete ihr, was sich zugetragen hatte. »Nein, Mutter, nein«, rief er schließlich, »ich kann immer noch nicht glauben, daß Ali Sağdıç ein Mann ist! Hat denn ein Mann so süße Lippen, daß ich Tag und Nacht nur davon träume, sie zu küssen?« Und er seufzte.

Nun seufzte auch die Mutter, denn sie wußte keinen Rat mehr. Plötzlich aber fiel ihr doch noch etwas ein, und sie rief: »Mein Sohn, lade diesen Ali Sağdıç ein, mit dir in den Hammam, ins Badehaus, zu gehen, danach wird es keinen Zweifel mehr geben!«

Als der junge Bey Ali Sağdıç vorschlug, den Hammam zu besuchen, war jener hocherfreut und rief: »Liebster Freund, du scheinst in meinem Herzen lesen zu können! Nichts wünsche ich mir sehnlicher, als endlich ein erfrischendes und reinigendes Bad nehmen zu können, denn noch immer habe ich den Staub der langen Reise auf meiner Haut, in meinem Haar!« Und er drängte den Freund zur Eile.

Sie gingen gemeinsam in den Hammam, und schnell hatte der junge Bey seine Kleider abgelegt. Ungeduldig wartete er darauf, daß Ali Sağdıç es ebenfalls tue, doch der ließ sich Zeit. Langsam und umständlich knöpfte er seine Kleider auf. Er heuchelte Unmut und wünschte alles Unglück des Himmels auf den ungeschickten Schneider herab, der die Gewänder so eng genäht hatte, daß er nur mit der allergrößten Mühe herauskam. »Geh nur schon voraus!« bat er den Freund und versicherte: »Ich komme so schnell wie möglich nach!«

Kaum hatte der junge Bey sich getrollt, nestelte Ali Sağdıç nicht länger an den Knöpfen und Kleidern, sondern suchte in den Taschen des Freundes nach dem goldenen Apfel. Er fand ihn und nahm ihn an sich. Schnell kritzelte er einige Worte auf einen kleinen Zettel und steckte ihn in die Westentasche des jungen Beys. Dann sprang er aufs Pferd, rief den Pudel und ritt davon …

Sie kam ans Meer und warf die restliche Hefe hinein. Da teilte sich das Wasser vor ihr und ließ sie hindurch. Sie ritt schnell wie der Wirbelwind, bis sie endlich zu der hilfreichen Alten kam. Sie übergab ihr den Pudel und dankte ihr. Bevor sie sich jedoch wieder auf den Weg machte, schickte sie ihrem Vater ein Telegramm und kündigte ihm darin an, daß sie in Kürze mit dem goldenen Apfel heimkehren werde.

Als sie nach Hause kam, wurde sie mit lautem Jubel und Pauken- und Trommelschlag empfangen. Die ganze Stadt war auf den Beinen. Da nahm das Mädchen den goldenen Apfel und hielt ihn hoch, so daß alle ihn sahen, und er blitzte und blinkte in der Sonne, daß es eine Freude war. Im Triumphzug wurde das Mädchen zum Rathaus geleitet, wo ihm und seinem Vater eine hohe Pension ausgesetzt wurde. So waren sie nun reich und konnten ohne Sorgen leben. Sie freuten sich darüber, und alle Menschen in der Stadt freuten sich mit ihnen, das heißt: *alle* bis auf *einen,* denn einen Menschen gab es, der die allgemeine Fröhlichkeit nicht teilte, und das war der Vater der sechs Söhne. Der verstand die Welt nicht mehr und konnte nicht begreifen, warum auf einmal er ausgelacht und verspottet wurde.

Wie ist es aber inzwischen dem jungen Bey ergangen, den wir allein im Hammam zurückgelassen haben?

Zuerst hat er lange auf Ali Sağdıç gewartet. Dann ist er ungeduldig geworden und hat begonnen, ihn zu suchen, aber er konnte ihn nirgends finden. Schließlich kleidete er sich an und stellte dabei fest, daß nicht nur Ali Sağdıç, sondern mit ihm auch der goldene Apfel verschwunden war. Als er darauf sein Taschentuch aus der Westentasche ziehen wollte, um sein Gesicht zu trocknen, fiel ihm ein kleiner Zettel in die Hände. Er faltete ihn auseinander und las:

»Im Sommer kam ich, im Herbst ging ich; als Jungfrau kam ich, und Jungfrau blieb ich.«

Darunter hatte das Mädchen ihm seine Adresse aufgeschrieben: daß es in der und der Stadt und in dem und dem Haus als Tochter von dem und dem wohne.

Der junge Bey lief nach Hause und zeigte seiner Mutter den Zettel. Die Mutter rief eine alte Hexe, die sollte sich aufmachen und das Mädchen suchen. Sie sagten ihr, wo es wohnte, und der junge Bey fing zwei der schönen Turteltauben, die sich in seinem Garten tummelten, gab sie der Alten und sprach: »Nimm sie als Geschenk für das Mädchen mit! Du wirst es leicht erkennen, denn vorn in seinem Mund steckt in einer Zahnlücke eine Perle!«

Die Alte stieg in einen großen irdenen Krug, und *schschschsch,* schon nach einem Augenblick war sie in der Heimat des Mädchens angelangt und stand vor dessen Haus. Als die Alte an die Haustür klopfte, öffneten ihr die älteren Schwestern und riefen: »O Großmütterchen, wie schön deine Turteltauben sind! Willst du sie uns nicht verkaufen?«

Doch verkaufen wollte die Alte die Vögel nicht. »Nein«, sagte sie, »für Geld sind sie mir nicht feil. Ich will sie derjenigen von euch schenken, die das schönste Lachen hat.«

Da lachten die Mädchen, daß ihr Haus davon widerhallte, und weckten die jüngste Schwester, die sich schon schlafen gelegt hatte. Neugierig kam sie an die Tür. Kaum hatte sie die Turteltauben erblickt, rief sie: »Welch schöne Tauben, Großmütterchen! Sie sehen aus wie die Tauben im Garten des Beys! Verkauf sie mir!«

»Zu verkaufen sind sie nicht«, antwortete die Alte. »Wenn du mir aber dein schönstes Lachen schenkst, sollst du sie haben.«

Da lachte die jüngste Schwester, so daß die Alte die Perle erblickte und wußte, daß sie die Gesuchte gefunden hatte. Sie übergab ihr die Tauben und ermahnte sie: »Gib niemals allen beiden Futter, sondern immer nur einer, sonst fliegen sie dir davon!«

Vierzig Tage lang beachtete das Mädchen die Warnung der Alten und fütterte des Abends immer nur eine der beiden Tauben. In der Nacht dann sprach die eine zur anderen: »Komm, Schwester, laß uns fliehen und zurückfliegen in den Garten des Beys!«

Doch die zweite erwiderte: »Flieg du nur davon, satt wie du bist! Mein Magen ist leer, ich warte bis morgen!«

Allein aber mochte die erste nicht fliegen, und so blieben sie beide. Am einundvierzigsten Abend aber vergaß das Mädchen die Mahnung der Alten und gab beiden Tauben Körner. Da kamen die Vögel um Mitternacht in sein Zimmer und nahmen das schlafende Mädchen auf ihren Rücken. Sie trugen es weit über Land und Meer bis in den Garten des Beys. Der junge Bey saß dort und wartete sehnsüchtig auf die Geliebte. Die Tauben legten sie ihm in den Arm, er mochte sie nicht wecken und hielt sie sanft die ganze Nacht.

Als der Morgen dämmerte, fingen die Vögel im Garten zu zwitschern an, und die Tauben begannen zu gurren. Das Mädchen hörte die Stimmen der Vögel im Traum; es wähnte sich zu Hause und flüsterte: »Ach, meine Schwestern, sie lachen und gurren wie die Turteltauben im Garten des Beys.«

Da rüttelte er es sanft und sprach: »Wach auf und sieh, wo du bist!« Das Mädchen öffnete die Augen und meinte nun erst recht, daß es träumte, als es in sein lächelndes Gesicht sah …

Wir wollen es kurz machen, denn der Bräutigam ist ungeduldig, und der Imam wartet schon: Sie heirateten und feierten ein Hochzeitsfest, das dauerte vierzig Tage und vierzig Nächte. Der reiche Bey aber schenkte seinem Sohn einen prächtig ausgestatteten Tuchladen, so daß sie in Glück und Wohlstand lebten, und so leben sie noch heute.

Märchen aus der Türkei

Die Geschichte von dem verbotenen Teich

In alten Zeiten gab es eine Stadt, in der wurde das Wasser für Gold verkauft. Alle Brunnen und Bäche und Quellen des Landes waren versiegt, und kein Regen fiel, denn der König war ein Tyrann. Da suchten die Bewohner der Stadt einen Magier auf und baten ihn, er möge ihnen Wasser verschaffen. Der Magier verlangte einen hohen Preis. Sie zahlten ihn, und er ließ eine Quelle und einen Teich entstehen und sprach: »Sollte je eine Frau in diesem Teiche baden, wird er austrocknen, und die Quelle wird niemals wieder sprudeln.« Und er nahm sein Gold und ging davon.

Da setzten die Bewohner der Stadt einen Wächter ein, der sollte achtgeben, daß kein Mädchen in dem Teich bade. Der Wächter aber war ein junger Mann von zwanzig Jahren.

Eines Tages hielt er Wache am Teich und sah ein Mädchen auf der Straße daherkommen. Das Mädchen kam von weit her. Es trug schwer an der Last auf seinem Rücken, und sein Schritt war müde. Der junge Wächter versteckte sich im Gebüsch und beobachtete, wie das Mädchen näher kam. Er sah, daß es süß und schlank und schön war, und sein Herz verlangte nach ihm.

Die Fremde kam zu dem Teich und machte halt unter einem Baum. Sie blickte sich nach allen Seiten um und bemerkte keine Menschenseele. Dann setzte sie sich im Schatten nieder, denn ihr war heiß, und sie war müde, und zog alsbald die Schuhe aus; dann legte sie den Umhang ab, die Bluse und die weite Pluderhose und stand auf – da war sie schön, war strahlend schön, ein wahrer Edelstein an Schönheit!

Sie trat nun an den Rand des Teiches, dessen kühle Tiefe sie zum Baden einlud. Doch ehe sie ins Wasser tauchen konnte, da sprang der junge Mann aus dem Gebüsch hervor und schlang die Arme eng um sie und hielt sie fest. Sie schrie vor Schreck. Er aber sprach: »Hab keine Angst! Ich bin der Wächter hier am Teich und darf nicht dulden, daß du darin badest.«

Sie sah ihn zornig an und rief: »Wie konntest du mich meine Kleider ausziehen lassen, wenn du doch wußtest, daß ich hier nicht baden darf?«

Da lachte er und sprach: »Die Kleider auszuziehen ist nicht verboten. Das zu verbieten, bin ich nicht befugt. Wie dürfte ich denn meine Rechte so weit überschreiten?«

Sie sah ihn böse an und sagte: »Laß mich los, damit ich meine Kleider wieder anziehen kann.«

»Erst einen Kuß«, bat er, »dann lasse ich dich gehen!«

Sie lachte und rief fröhlich: »Gut! Doch mußt du mir den Kuß bezahlen und warten, bis ich angezogen bin! Für einen Dinar lasse ich mich küssen, doch nur auf die Wange!«

Der junge Mann war einverstanden, und sie zog ihre Bluse und die Pluderhose wieder an und legte schließlich ihren Umhang um. Er gab ihr den Dinar, und sie erlaubte, daß er ihre Wange küßte … und ihren Mund? Nein, das verbot sie ihm. »Gib mir erst fünf Dinar! Das ist der Preis für die Erlaubnis, meinen Mund zu küssen.« Da gab er ihr das Geld und küßte ihren Mund. Er hielt sie fest im Arm … und fingerte am Knoten ihrer Pluderhose. »Halt!« rief sie gleich und packte seine Hand und sagte: »Gib mir zwanzig Dinar! Dann erst darfst du den Knoten in der Kordel meiner Pluderhose lösen.«

Er zahlte ihr das Geld und löste dann den Knoten … und wollte seine Hände weiterwandern lassen … Da stieß sie ihn mit Macht zurück und traf ihn dort, wo es am meisten schmerzt. Der Arme krümmte sich und wälzte sich in Qual und Pein am Boden. Sie hob ihr Bündel auf und lief davon und rief: »Es war dir zwar erlaubt, den Knoten aufzubinden, doch weiter war dir nichts gestattet! … Du meinst, ich hätte es dir früher sagen sollen und dich warnen müssen? ... Warum? ... Hast du mich denn gewarnt? ... Du hast genau gewußt, als ich mich auszog, daß ich baden wollte –, hast mir in aller Ruhe zugesehen und dabei doch die ganze Zeit gewußt, daß es nicht sein darf und verboten ist ... Jetzt sind wir quitt!«

Märchen aus Oman

Die sieben Königstöchter und ihr geiziger Ehemann

Ein König hatte sieben Töchter und zog mit diesen Töchtern auch den Sohn seines Bruders groß. Eines Tages sagte der Neffe zu dem König: »Mein Onkel, gib mir deine älteste Tochter zur Frau!« Der Neffe war sehr reich und ebenso geizig; das änderte sich nicht, als er verheiratet war. Jeden Tag brachte er für sich und seine Frau nur ein einziges Stück Brot zu essen mit und schnitt es in vier Teile; davon aßen sie jeder ein Stück am Morgen und eines am Abend. Die junge Prinzessin war damit nicht zufrieden. Sie ging zu ihrem Vater, um sich zu beschweren, und ließ sich kurzerhand scheiden. Der König gab seinem Neffen darauf seine zweite Tochter zur Frau. Der Neffe machte es mit ihr genauso wie mit seiner ersten Frau und gab ihr morgens und abends nur ein Viertel Brot zu essen. Da ließ sie sich ebenfalls scheiden.

Nach und nach gab der König seinem Neffen sechs Töchter zur Frau. Schließlich blieb nur noch die siebente, welche die jüngste war; aber als der Neffe nun auch sie zur Frau verlangte, wollte der König sie ihm nicht geben.

Die junge Prinzessin erfuhr auf Umwegen davon. Sie wartete, bis ihr Vater einmal ausgegangen war, und nahm einen Kochtopf und ein Kaskâs, ein Sieb, mit dem Kuskus zubereitet wird. Sie suchte aber einen ganz kleinen Kochtopf und ein sehr großes Kaskâs aus und stellte das Ganze auf den Herd. Als ihr Vater zurückkam, sah er Topf und Kaskâs auf dem Feuer und fragte: »Wer hat denn das große Kaskâs auf den kleinen Topf gestellt?«

»Deine jüngste Tochter.«

»Ah, ich verstehe! Sie will mir damit sagen, daß sie nicht zu jung zum Heiraten ist und sich einen Ehemann wünscht, der in Größe und Alter zu ihr paßt!«

Er ließ sie zu sich kommen und sagte: »Ich habe verstanden, was ich verstehen sollte, und verheirate dich mit deinem Cousin.«

Da bat sie: »Gib mir noch sieben Tage Frist, bis du einen unterirdischen Gang zwischen deinem und meinem Haus gebaut hast! Sein Eingang soll unter meinem Bett versteckt sein.«

Als der unterirdische Gang fertig war, verschloß sie die Tür, die zu ihm führte, und versteckte den Schlüssel. Dann wurde die Hochzeit gefeiert.

Wie früher brachte der Ehemann jeden Tag nur ein einziges Brot für sich und seine Frau mit nach Hause. Er teilte es in zwei Teile, und jeder erhielt einen Teil.

Jeden Morgen ging der Mann in die Moschee und schloß beim Weggehen die Haustür zu. Die junge Frau aber steckte ihr Viertel Brot morgens und abends in einen Sack, sperrte die Tür zu dem unterirdischen Gang auf und ging zum Essen und Trinken nach Hause. Rechtzeitig vor ihrem Ehemann war sie wieder zurück. So machte sie es jeden Tag, bis der Brotsack voll war. Sie zeigte ihrem Mann den vollen Sack und sagte zu ihm: »Mein Sohn, warum denn jeden Tag Brot?«

»Ja, ißt du es denn nicht?«

»Nein! Sieh, es ist trocken!«

Er staunte. »Deine Schwestern haben doch immer gesagt, ich würde ihnen nicht genug zu essen geben!«

»Meine Schwestern sind dumm. Was Frauen wirklich brauchen, ist nicht Brot, sondern Rouge und Schminke für Gesicht und Lippen, denn sie wollen ihren Ehemännern gefallen und mit ihnen lachen und scherzen. Das ist ihre Aufgabe im Leben!«

Da rief der Mann: »Du bist die richtige Frau für mich! Komm, ich will dir zeigen, wie reich ich bin!« Er führte sie in einen geheimen Teil des Hauses, wo eine Kammer voller Gerste, eine Kammer voller Feldbohnen und eine Kammer voller Gold waren. Er gab ihr die Schlüssel zu allen Kammern und sagte: »Das alles gehört jetzt dir!«

Jeden Tag brachte er weiter Brot für sich mit nach Hause, bis sie eines Tages fragte: »Hast du keine Schafe und Rinder?«

»Aber ja!« antwortete er, »ich werde den Hirten meiner Herden einmal mitbringen, dann kannst du ihn fragen.«

Als ihr Mann den Hirten dann eines Tages mit heimbrachte, gab sie ihm heimlich ein Zeichen, er möge sie einmal aufsuchen, wenn sie allein zu Hause sei. Er tat es, und sie sagte zu ihm: »Bringe mir morgen zwei Ochsen!«

Dann bat sie ihren Vater um zwei Sklavinnen, nahm darauf vom Getreide ihres Mannes und gab es den beiden Frauen zum Verlesen und Mahlen. Sie ließ die Ochsen schlachten und zubereiten und verteilte alles Essen an die Armen.

Als ihr Mann zurückkam, sah er, daß sein Haus von Sklaven und armen Leuten überquoll. Vor Schreck begann er laut zu schreien und meinte, er sehe einen bösen Spuk, den ihm der Teufel vorgaukele. »Aber der Hahn ist mein Hahn, und das Haus ist mein Haus«, dachte er bei sich, »nur die Meute, die es besetzt hält, belagert sonst den Palast des Königs. Möge Gott dich verfluchen, o Dämon, der du mich täuschst!« Und er ging hin, wo er hergekommen war. Er blieb bis zum Abend fort und näherte sich seinem Haus erst wieder, als er nichts Ungewöhnliches mehr daran entdecken konnte.

Als er ins Haus trat, fragte seine Frau: »Warum kommst du erst jetzt? Wo hast du den ganzen Tag gesteckt? Hast du denn gar nicht gegessen und getrunken?«

»Ich war hier«, erklärte er, »und habe meinen Hahn und viele Sklaven vor dem Eingang gesehen. Als ich den Hahn sah, meinte ich, zu Hause zu sein, aber als ich die Sklaven sah, wurde mir klar, daß es nicht mein Haus sein konnte und Iblis, der Teufel, mir einen bösen Streich spielte.«

»Komm jetzt essen!« sagte seine Frau und setzte ihm einen Rest Kuskus vor. Da schrie er entsetzt auf und rief: »Ich sterbe, kommt es von mir; ich laß es mir schmecken, kommt es von dir!«

»Es stammt aus deinem Vorrat, also stirb!« antwortete seine Frau. Da schwanden ihrem Ehemann die Sinne. Sie beugte sich über ihn und rief: »Komm zu dir und iß!«

Als er wieder zu Bewußtsein kam, sagte er wie vorher: »Ich sterbe, kommt es von mir; ich lasse es mir schmecken, kommt es von dir!« Und sie antwortete wieder: »Ja, ja, stirb! Es stammt aus deinem Vorrat«, und lief durch den unterirdischen Gang zu ihrem Vater und benachrichtigte ihn vom Tode ihres Mannes.

Da gingen Sklaven mit ihr hinüber und brachten das Leichentuch und Wasser, um den Toten zu waschen. »Erhitzt das Wasser, bis es kochend heiß ist, und schüttet es über ihn!« befahl sie. Die Sklaven taten es, aber der Mann kam nicht wieder zu sich.

So rief sie: »Hört auf, kochendes Wasser über ihn zu gießen!« Sie trat zu ihm, schüttelte ihn und sagte: »Verflucht sei der Böse! Los, steh auf und iß!« Da bewegte er sich und sagte: »Nein! Ich sterbe, wenn es aus meinen Vorräten stammt; ich esse, wenn es von deinem Vater ist.«

Sie ließ nun das Leichentuch bringen und sprach: »Stecht beim Nähen in seine Haut und heftet sie an den Stoff!«

Und die Sklaven nähten, wie sie es befohlen hatte, bis sie »Aufhören!« rief und zu ihrem Mann sagte: »O mein Sohn, möge der Böse fern von dir sein! Komm und iß jetzt!«

Er sagte aber: »Wenn es aus meinem Getreidevorrat stammt, sterbe ich; wenn es aus dem Vorrat deines Vater stammt, bleibe ich am Leben!«

»Es ist von deinem Getreide, so stirb denn!« antwortete sie und befahl den Sklaven, ihn auf das Totenbrett zu legen und zum

Friedhof zu tragen. Auf halbem Weg aber sollten sie ihn über ihre Köpfe hinweg auf die Erde werfen.

Als er auf der nackten Erde lag, kam sie und sprach: »Möge der Böse fern von dir sein! Steh auf!«

Aber er antwortete: »Ist es Getreide aus meinem Vorrat, stehe ich nicht auf; nur wenn es Getreide von deinem Vater ist, stehe ich auf!«

»Es ist aus deinem Vorrat! Steh auf, wenn du willst«, sagte sie. Er rührte sich nicht.

Sie hoben ihn auf und brachten ihn zum Friedhof, legten ihn ins Grab und deckten seinen Leib mit Erde zu.

Am Abend ließ sie eine Kuhhaut und zwei Stöcke zum Grab bringen. Die Haut wurde aufgeblasen und neben das Grab gelegt. In der Nacht schlugen zwei Sklaven darauf und schrien: »Heute bist du dran und morgen dein Nachbar!«

Der Mann im Grab zitterte vor Angst.

Am Morgen ging die junge Frau zum Friedhof und sprach: »Mein Söhnchen, wie geht es dir? Wie fühlst du dich in dieser Kammer, in der du nun für immer wohnen wirst?«

»Im Namen Gottes, hol mich hier heraus!« flehte er, aber sie sagte: »Sei ruhig und schlaf! Können denn Tote lebendig werden?«

Da rief er: »Gestern haben sie neben mir einen Mann beerdigt. In der Nacht sind die Gehilfen des Todesengels Azrail gekommen und haben ihn gepeinigt und mit Ketten geschlagen. Sie haben geschrien: ›Heute bist du dran und morgen dein Nachbar!‹ Also komme heute ich an die Reihe! Bei Gott, ich will, daß du mich hier herausholst!«

»O nein, das werde ich nicht tun!« antwortete sie. »Du bist tot, bleib in deinem Grab!«

Da rief er: »Schnell, geh und hole die Gerichtsschreiber! Sie sollen aufschreiben, daß alles, was ich besitze, von nun an dir gehört und du frei darüber verfügen kannst. Ich selbst will nichts weiter für mich behalten als die Zähne, die ich im Munde habe.«

Sie schickte nach den Schreibern, und die kamen und schrieben die Verfügung des falschen Toten auf. Als das Schriftstück fertig war, holten sie ihn aus dem Grab und brachten ihn ins Bad. Sie wuschen und massierten ihn, zogen ihm neue Kleider an und gaben ihm gut und reichlich zu essen.

Er lebte noch einige Tage wohlversorgt in seinem Haus und starb dann. Die Angst, die er ausgestanden hatte, der Arme, war zu groß für ihn gewesen!

… So habe ich es wenigstens gehört,
und so erzähle ich es weiter …

Märchen aus Marokko

Die Frau, die ihren Mann aus dem Gefängnis befreite

In einem der Länder des Orients lebte einst ein junger, reicher Kaufmann, der heiratete ein Mädchen von großer Schönheit. Eines Tages mußte der Kaufmann in Geschäften in ein fernes Land reisen. Es fiel ihm schwer, sich von seiner jungen Frau zu trennen, denn er liebte sie sehr. So nahm er ihr Bild mit, damit er sie wenigstens anschauen konnte, wann immer er sie vermißte.

In dem Land, in welches er reiste, gab es einen seltsamen Brauch: Wenn die Königin des Nachts ausging und einen Spaziergang machte, war es den Einwohnern bei Strafe verboten, in ihren Häusern das Licht anzuzünden. Der Kaufmann kannte diese Vorschrift nicht, und so zündete er eines Abends, als die Königin in den Straßen der Stadt spazierenging, in dem Zimmer, das er gemietet hatte, das Licht an.

Am nächsten Morgen kamen Polizisten, nahmen ihn fest und brachten ihn vor den König.

Der Unglückliche wußte nicht, welchen Vergehens er sich schuldig gemacht hatte, und als der König ihm die Anklageschrift vorlas, entschuldigte er sich und sprach: »Ich bin gerade erst in dieser Stadt angekommen, um Geschäften nachzugehen. Ich bin nicht vertraut mit euren Bräuchen.« Darauf erzählte er viel von sich und sprach auch von seiner Frau, die er sehr liebte und zu der er so schnell wie möglich zurückkehren wollte.

Der König verlangte das Bild der Frau zu sehen, und als er gewahr wurde, daß sie sehr schön war, ließ er den Kaufmann ins Gefängnis werfen. Dann rief er einen seiner Minister und erzählte ihm von der wunderbaren Schönheit der Kaufmannsfrau. Er stattete ihn reich mit Geschenken aus und befahl ihm: »Bring mir die Frau her!«

Der Minister kam in das Haus des Kaufmanns und übergab der Hausherrin die Geschenke. Er richtete ihr die Einladung des Königs aus, doch verschwieg er ihr, daß ihr Mann ins Gefängnis gesperrt worden war. Die Frau war klug und erkannte die böse Absicht, die sich hinter allem verbarg. Was tat sie also? Sie lud den Minister ein, mit ihr zu Abend zu essen. Er nahm ihre Einladung mit Freuden an, denn ihre Schönheit hatte großen Eindruck auf ihn gemacht. Wie es der Sitte entsprach, ließ der Minister wohlschmeckende Speisen einkaufen und dingte eine Köchin, die das Essen anrichten sollte. Während sie miteinander speisten, schien es dem Minister, als sei die Frau des Kaufmanns bereit, der Einladung des Königs zu folgen. Darüber freute er sich sehr. Nach dem Mahl überraschte sie ihn damit, daß sie zu ihm sagte: »Nun komm, wir wollen in das Zimmer meines Mannes gehen!« Darüber freute der Minister sich noch mehr und folgte ihr entzückt. Sie führte ihn in eine dunkle Ecke, wo es einen tiefen Brunnen ohne Wasser gab. Als sie vor dem Brunnen standen, sagte sie zu ihm: »Laß dich hinunter! Ich werde dich mit beiden Händen festhalten, bis du den Boden berührst!«

Als nur noch sein Kopf über den Brunnenrand ragte, ließ sie seine Hände los. Der Minister stürzte auf den Grund des Brunnens und begann, aus Leibeskräften zu schreien. Die Frau aber war auf einmal wie verwandelt. Ihre Liebenswürdigkeit war verflogen, und ihre Stimme klang grausam, als sie sich über den Brunnenrand beugte und zu dem Gefangenen hinunterrief: »Dies ist von heute an dein Zuhause, und du wirst hart arbeiten müssen, um dir dein Brot zu verdienen!«

All sein Bitten und Flehen um Milde war vergeblich. Nach einigen Tagen quälte ihn der Hunger derart, daß er rief:

»Welche Arbeit soll ich denn tun? Ich habe doch niemals ein Handwerk erlernt!«

Was tat die Frau des Kaufmanns?

Sie ließ ihre Dienerin in den Brunnen hinabsteigen, damit sie den Minister lehre, Teppiche zu weben. Dann gab sie ihm eine Kerze, die sollte ihm bei der Arbeit leuchten. Sie schickte ihm ein wenig zu essen hinunter und rief: »Sobald ein Teppich fertig ist, wird meine Dienerin ihn auf dem Markt verkaufen! Auf diese Weise kommst du selbst für deinen Unterhalt auf!«

So war der Minister gezwungen, für sein tägliches Brot zu arbeiten, und führte ein armseliges Leben auf dem Grunde des Brunnens.

Unterdessen argwöhnte der König, sein Minister habe die Frau des Kaufmanns verführt und sich entschieden, bei ihr zu bleiben. Was tat er? Er ließ einen zweiten Minister zu sich kommen, dem er ohne Einschränkung vertraute. Er erteilte ihm den gleichen Auftrag wie dem ersten, doch gab er ihm folgende Warnung mit auf den Weg: »Unglück über dich, wenn du dich von der Frau umgarnen läßt und bei ihr bleibst!«

Wieder gelang es der Frau des Kaufmanns aufgrund ihrer Klugheit, die Lage zu meistern. Sie lud auch den zweiten Minister zum Abendessen ein und ließ danach auch ihn in den Brunnen stürzen. Im Fallen aber brachte er die Kerze zum Erlöschen, und so stritten und rauften die beiden Männer eine Weile im Dunkeln miteinander … Auch der Neuankömmling lernte es, Teppiche zu weben, und nachdem die beiden sich versöhnt hatten, erzählten sie einander ihr Mißgeschick und trösteten sich gegenseitig, so gut sie es vermochten.

Als der König feststellen mußte, daß auch sein treuester Minister nicht zurückkehrte, dachte er bei sich: »Man kann niemandem trauen. Ich werde mich selbst auf den Weg machen.«

Die Frau des Kaufmanns empfing den König mit großer Ehrerbietung. Sie lud ihn zu einem köstlichen Mahl ein und war reizend und liebenswürdig zu ihm. Danach führte sie auch ihn in das Zimmer ihres Mannes, und schon nach allerkürzester Zeit fand sich der König in Gesellschaft seiner beiden untreu geglaubten Minister auf dem Grunde des Brunnens wieder.

Als er erkannte, was ihm widerfahren war, begann er zu schreien. Er drohte, er flehte, aber die Frau ließ sich durch nichts erweichen. Sie machte ihm lediglich den folgenden Vorschlag: »Wenn du nicht arbeiten willst wie deine beiden Minister, so unterzeichne ein Schreiben, das ich dir vorlegen werde!«

Der König wollte erst nichts davon wissen. Er glaubte, die Frau doch noch umstimmen zu können. Seine beiden Minister baten ihn jedoch dringend, zu unterschreiben, denn sie wollten nicht länger im Brunnen bleiben. Bald darauf begann Hunger den König zu quälen, und da unterzeichnete er das Schriftstück, das die Frau vorbereitet hatte. Folgendes stand darin:

> »Entlaßt den gefangenen Kaufmann unverzüglich aus dem Gefängnis! Führt ihn in das öffentliche Badehaus, damit er ein Bad nehmen kann! Gebt ihm sein Eigentum, welches bei der Gefangennahme eingezogen wurde, zurück. Rüstet ihm ein Schiff aus und bringt ihn in seine Heimat zu seiner Frau!«

Der König mußte ebenfalls schriftlich erklären, daß weder er noch einer seiner Minister sich jemals an dem Kaufmann und an seiner Gemahlin rächen würde. Die beherzte Frau begab sich mit den unterzeichneten Schriftstücken zum Großwesir, und alle Anordnungen des Königs wurden schnellstens ausgeführt. Darauf kehrte sie nach Hause zurück, ließ den König und seine Minister frei und wartete auf die Heimkehr ihres Mannes.

Der König begriff, wie schlecht er an der Frau hatte handeln wollen, und ließ ihr zum Zeichen seiner Einsicht alle Geschenke, die er ihr durch seine Minister geschickt hatte.

Der Kaufmann und seine Frau waren überglücklich, als sie einander endlich wiederhatten.

Der König lud die beiden später oft zu sich ein und blieb ihnen freundschaftlich verbunden ... Und der Kaufmann? Der wußte nun, daß er mit einer so mutigen Frau verheiratet war, wie es im ganzen Land keine zweite gab!

Märchen der Juden aus Tunesien

Das Märchen von der treuen Frau

Es war einmal ein Kaufmann, der war sehr reich und hatte einen einzigen Sohn. Als der Sohn groß geworden war, rief ihn der Vater eines Tages zu sich und sprach: »Du bist jetzt erwachsen. Es ziemt sich, daß du heiratest!« Der Sohn war's zufrieden und suchte nach einem Mädchen, das ihm gefiel, aber er konnte keines finden.

Eines Tages ging er zu einer Quelle und sah dort ein Mädchen, das war so schön, daß er vor plötzlicher Liebe zu ihm ohnmächtig niedersank. Als er wieder zu sich gekommen war, lief er zu seinem Vater und erzählte: »Vater, ich habe heute am Brunnen ein Mädchen gesehen, das sieht so und so aus, und wenn ich es nicht zur Frau bekomme, dann will ich gar nicht heiraten!«

Da ging der Kaufmann aus, das Mädchen zu suchen, und als er nach Hause zurückkehrte, sagte er zu seinem Sohn: »Das Mädchen, das dir so gut gefiel, ist so arm, daß sein Vater mich nicht einmal in sein Haus führen konnte, als ich zu ihm kam. Ich mußte vor der Tür mit ihm sitzen. Als ich deine Werbung vorbrachte, sagte er: ›Meine Tochter soll selbst über sich entscheiden‹, und rief das Mädchen. Ich wiederholte meine Werbung, da fragte das Mädchen, ob du ein Handwerk gelernt habest. Ich lachte und meinte, du würdest, wenn ich einmal sterbe, so viel Geld haben, daß du es nicht durchbringen könntest, selbst wenn du es mit vollen Händen ins Wasser werfen würdest! Aber das Mädchen sagte: ›Ich will keinen Mann heiraten, der nicht ein Handwerk beherrscht; und wenn Euer Sohn mich so sehr liebt, wie Ihr sagt, wird er mir zuliebe eines lernen.‹ – Nun entscheide du selbst, ob du das Mädchen heiraten willst!«

Der Sohn fand, das Mädchen habe sehr klug gesprochen, und machte sich auf, um ein Handwerk zu suchen, das er lernen wollte. Da sah er einen Teppichwirker, und dessen Hantierungen gefielen ihm sehr. So schickte er seinen Vater zu ihm, damit er ihn als Lehrling annehme, und der Vater bot dem Handwerker außer der Wolle noch ein schönes Handgeld, wenn er den Sohn seine Kunst lehre. Damit war der Teppichwirker einverstanden, schlug seinen Webstuhl im Hause des Kaufmanns auf und brachte dem Sohn in Kürze alles bei, was er wußte. Nach einiger Zeit hatte der Kaufmannssohn das Teppichknüpfen erlernt und bat seinen Vater, die Werbung bei dem Mädchen zu wiederholen. Als sich das Mädchen überzeugt hatte, daß der Kaufmannssohn sein Handwerk gut beherrschte, gab es seine Einwilligung zur Hochzeit, die bald darauf mit großem Prunk gefeiert wurde.

Nicht lange danach starb der Kaufmann. Sein Sohn wollte den Handel, den sein Vater betrieben hatte, nicht aufgeben und reiste mit dem Diener Nesih, der schon seinen Vater begleitet hatte, nach Erzurum. Zuvor aber übergab er den Laden seinem Vetter und bat ihn, dafür Sorge zu tragen, daß es seiner Frau an nichts mangele. Das versprach ihm der Vetter, und der junge Ehemann reiste beruhigt ab.

Nach einiger Zeit aber wollte sich der Vetter an die Frau des Kaufmannes heranmachen. Sie wies seine Werbung zurück, aber weil der Vetter viel getrunken hatte und berauscht war und überdies fürchtete, sie werde ihrem Ehemann nach dessen Rückkehr alles erzählen, zog er seinen Dolch und erstach sie. Den Leichnam warf er zum Fenster hinaus, raffte zusammen, was sich zusammenraffen ließ, und entfloh.

Die Frau lag für tot vor dem Haus. Zufällig aber ging ein armer Mann des Weges. Er sah sie liegen, und da er noch Spuren von Leben in ihr bemerkte, trug er sie in das nahe Haus eines Arztes. Der nahm die Frau zu sich und pflegte sie, bis sie wieder gesund und so schön wie vorher war. Der Arzt verliebte sich in sie und begehrte sie zur Frau. Obwohl sie sagte, daß sie doch verheiratet sei und ihr Mann eines Tages wiederkehren werde, ließ der Arzt ihr keine Ruhe und hielt sie in seinem Haus wie eine Gefangene. Da bat sie ihn eines Tages: »Laß mich ein wenig vor die Tür gehen!« Er schlug es ihr ab, aber sie bat ihn so lange, bis er ihr die Erlaubnis gab. Zur Sicherheit aber band er ihr ein Seil an den Arm, dessen anderes Ende er im Haus in der Hand behielt. Kaum war die Frau aus der Tür, band sie das Seil auch schon am Stützpfosten des Hauses fest. Dann lief sie zur Hintertür, um das Haus von dort ein letztes Mal zu betreten. Sie zog das Gewand des Arztes an, und so verkleidet begab sie sich auf die Flucht.

Als der Arzt eine Weile auf ihre Wiederkehr gewartet hatte, begann er an dem Seil zu ziehen und zog so lange daran, bis der Stützpfosten umfiel und das Haus einstürzte. Als er sich mühsam aus den Trümmern herausgearbeitet hatte, merkte er, daß die Frau ihn betrogen hatte und geflohen war, und machte sich auf, sie zu verfolgen.

Die Frau war unterdessen weit gewandert und kam schließlich auf einen Berg, wo ein Hirte seine Herden weidete. Bei diesem suchte sie Zuflucht, doch konnten ihn ihre Männerkleider nicht lange täuschen. Er merkte, daß sie eine Frau war, und wollte sie heiraten. Die Frau sah ein, daß es nutzlos war, sich dem Willen des Hirten mit Gründen entgegenzustellen. So ging sie zum Schein auf seinen Wunsch ein und sagte: »Nimm dieses Goldstück und kaufe in der Stadt zu essen und zu trinken ein, damit wir auch hier auf dem Berg eine richtige Hochzeit feiern können.«

»Bei meinem Haupte!« rief der Hirt und ging voll Freude in die Stadt. Die Frau aber vertauschte die Kleider, die sie von dem Arzt mitgenommen hatte, mit denen des Hirten und lief davon. Als sie an zwei Quellen vorüberkam, ließ sie an beiden ihr Bild zurück, damit ihr Ehemann sie zu finden wisse, wenn er sie suchte. Dann kam sie in eine große Stadt, und dort machte man sie – ich weiß nicht, wie es dazu kam – zum König. Der Hirt aber, der sie bei seiner Rückkehr nicht mehr fand, wurde sehr zornig und nahm ihre Verfolgung auf.

Inzwischen war der Kaufmannssohn von seiner Reise zurückgekehrt. Er hatte seinen Laden verwüstet, seine Frau aber gar nicht gefunden. Kein Mensch konnte ihm sagen, wo sie geblieben war. Da wurde er sehr traurig und beschloß, sie überall zu suchen. Den Laden übergab er seinem treuen Diener Nesih und zog in die Welt, aber wo immer er auch fragte, niemand konnte ihm Bescheid geben, niemand hatte seine Frau gesehen.

So kam er eines Tages zu einer der Quellen, an denen seine Frau ihr Bild zurückgelassen hatte, und als er es erblickte, wurde er vor Freude ohnmächtig. Als er wieder zu sich gekommen war, ging er seinen Weg weiter und kam zu jener anderen Quelle, wo seine Frau ihr Bild ebenfalls gelassen hatte. Davor aber hatten Dschinnen eine Fallgrube ausgehoben und fraßen jeden, der hineinfiel. Auch der Kaufmannssohn, der sich dem Bild seiner Frau nähern wollte, trat auf die Falltür und fiel in die Tiefe. Aber als die Dschinnen ihn verschlingen wollten, sagte er: »Wenn ihr mich freßt, habt ihr wenig gewonnen! Ich verstehe aber ein Gewerbe, das euch jeden Tag Fleisch verschaffen wird, soviel ihr wollt.« Da freuten sich die Dschinnen und ließen ihn am Leben. Er hieß sie, ihm einen Teppichstuhl und Wolle zu bringen, und begann, Teppiche zu knüpfen. Der kleine Diener der Dschinnen trug diese zum Markt und kaufte für ihren Erlös Fleisch für seine Herren.

Insgeheim aber knüpfte der Kaufmannssohn an einem Teppich, in den er die Worte »O Nesih, rette mich« einwebte. Als der Teppich fertig war, überredete er den kleinen Diener der Dschinnen, in die Stadt zu dem Kaufmann Nesih zu gehen und ihm den Teppich anzubieten: »Er wird dir sicher hundert Goldstücke dafür zahlen, und die behalte für dich!« Der Diener tat, wie geheißen, und als Nesih den Teppich sah, erkannte er, daß sein Herr ihn geknüpft hatte. Er erfragte von dem Diener, wo die Höhle der Dschinnen sei, und als er es erfahren hatte, ging er mit Soldaten dorthin. Sie eroberten die Höhle, brachten alle Dschinnen um und befreiten den Kaufmannssohn. So sehr Nesih seinem Herrn auch zuredete, die Suche nach seiner Frau aufzugeben, er wollte nichts davon hören und machte sich gleich wieder auf den Weg.

Die Frau des Kaufmannes regierte inzwischen in Frieden ihr Land. Vor dem Stadttor hatte sie einen Brunnen ausheben und daneben ihr Standbild errichten lassen und Wächter bestellt, die aufpassen sollten, was über das Standbild geredet wurde. Nun kam eines Tages der Arzt in die Stadt, und als er die Bildsäule sah, sprach er: »Wenn es nicht unmöglich wäre, so hätte ich gesagt: ›Das ist doch die Frau, die mir davongelaufen ist!‹« Das hörten die Wächter und hinterbrachten es dem König, der den Arzt ins Gefängnis werfen ließ. Nicht lange danach kam auch der Hirte zu jenem Brunnen und sagte das gleiche wie der Arzt, und auch ihn ließ der König in den Kerker werfen.

Nach einiger Zeit kam der Kaufmannssohn ebenfalls in die Stadt und sah das Standbild neben jenem Brunnen. Er erkannte seine Frau – und fiel ohnmächtig nieder! Als er wieder zu sich gekommen war, seufzte er und sprach: »Meine Augen gäbe ich hin, wenn ich meine Frau noch einmal sehen könnte!« Das hinterbrachten die Wächter dem König ebenfalls, und der hieß den Kaufmannssohn zu sich führen. Aber der Kaufmannssohn erkannte seine Frau nicht, die als König auf dem Thron saß. Sie ließ sich seine Geschichte erzählen. »Sieh mich einmal an, kennst du mich nicht?« fragte sie, als er geendet hatte.

»Nein!« antwortete ihr Mann.

Da lachte der König – der eine Königin war – und gab sich zu erkennen. Die beiden lebten danach noch lange in Liebe und Eintracht miteinander.

Märchen der Lasen aus der Türkei

Meyane Hanım

Es war einmal, es war keinmal …, es waren einst zwei reiche Brüder, von denen der eine in Aleppo und der andere in Damaskus lebte. Eines Tages starb der Bruder, der in Damaskus zu Hause war, und hinterließ einen Sohn mit Namen Dedo.

Der Sohn war jung und verstand es nicht, sein Haus gut zu führen. Darum hatte seine Frau keine Achtung vor ihm, behandelte ihn schlecht und betrog ihn mit einem Händler, in den sie sich verliebt hatte. Jeden Tag ging sie mit einem Krug voll Gold und Silber zu ihrem Geliebten und leerte den kostbaren Inhalt bei ihm aus. Dann füllte sie den Krug mit Wasser und kehrte nach Hause zurück. Sie ließ ihrem Mann keine Ruhe und sagte immer wieder: »Dedo, dein gnädiger Vater schätzte den Händler sehr. Er lud ihn jeden Tag in sein Haus ein und erwies ihm seine Gastfreundschaft.« Da ging Dedo auf die Jagd. Er verkaufte, was er erlegt hatte, und kaufte von diesem Geld reichlich zu essen und zu trinken ein. Dann bat er den Händler in sein Haus und bewirtete ihn gastlich. Während des Essens tat der Händler aber ein Schlafmittel in Dedos Wein. Dedo trank und sank betäubt um, und so konnten der Händler und die Frau sich ungestört vergnügen.

Die Zeit verging.

Eines Tages wollte der reiche Bruder aus Aleppo mit seiner Handelskarawane nach Damaskus ziehen und sagte zu seinen Dienern: »Die Karawane zieht langsam dahin. Ich will mich allein auf den Weg machen, um vor euch am Ziel zu sein und meinen Neffen zu besuchen.«

Als er in Damaskus vor dem Haus seines verstorbenen Bruders stand und sah, wie verwahrlost und baufällig es war, rief er seinen Neffen und fragte: »Was ist aus dem reichen Haus deines Vaters geworden?«

»Ich weiß nicht«, erwiderte Dedo, »so lange ich zurückdenken kann, hat es nie anders ausgesehen.«

Da wollte der Onkel wissen: »Wer kommt denn alles in dein Haus?« Und der Neffe antwortete: »Außer dem Händler besucht uns niemand, und den laden wir ein, weil er meinem Vater ein lieber und willkommener Gast war, wie meine Frau sagt.«

Der Onkel gab Dedo Geld und sprach: »Kaufe gut und reichlich ein, um den Händler zu bewirten. Nachdem du das erste Glas getrunken hast, tue so, als seiest du nicht mehr bei Verstand, und beobachte heimlich, was deine Frau und der Händler tun!«

Dedo tat, wie der Onkel ihm geraten hatte, und mußte, als er sich trunken stellte, mit ansehen, wie der Händler und seine Frau sich vergnügten.

Am nächsten Morgen ging er zu seinem Onkel und erzählte ihm alles. Am selben Tag kam die Karawane an. Da ließ der Onkel abladen, gab den Dienern frei und sprach zu ihnen: »Kehrt allein nach Aleppo zurück und sagt meiner Frau, ich werde erst in einem Monat nach Hause kommen! Gott möge euren Weg leicht machen!«

Dann rief er seinen Neffen und sagte zu ihm: »Geh und bring mir Pappelzweige!«

Dedo brachte ihm die Zweige, und der Onkel ließ die Frau holen. Er stellte sie zur Rede und fragte: »Was ist aus dem Reichtum meines Bruders geworden?« Er schlug sie hart mit den Zweigen und verstieß sie. Dann sagte er zu Dedo: »Ich will gehen und dir eine neue Frau suchen. Gib du unterdessen auf meine Waren acht!«

Und er machte sich auf und zog in die Welt. Er kam in ein Land, in dem Araber lebten, und stand eines Tages vor dem Zeltlager eines Emirs. Er trat in das größte und prächtigste der Zelte ein – das ist das Zelt des Fürsten – und wurde als Gast willkommen geheißen. Er blieb einen, zwei, drei … viele Tage bei ihnen, und alle begegneten ihm mit der gleichen herzlichen Gastfreundschaft wie am ersten Tag, und keiner der Leute erkundigte sich nach dem Grund seines Kommens. Schließlich sprach er selbst sie darauf an: »Gott möge euch segnen, doch warum fragt ihr euren Gast nicht, mit welchem Anliegen er euch aufsucht?«

»Es ist nicht Sitte bei uns, einen Gast solches zu fragen«, antworteten sie.

Darauf erklärte er: »Ich bin gekommen, um für meinen Neffen eine Braut zu suchen.«

»Ich werde meine Frauen fragen, ob wir heiratsfähige Töchter haben«, erwiderte der Emir und ging zu seiner ersten Frau: »Sag, Frau, ob wir eine Tochter im Heiratsalter haben!«

»Ich habe eine Tochter im entsprechenden Alter, aber sie taugt nicht dazu, in die Fremde verheiratet zu werden! Denn als vor einiger Zeit ein Hochzeitszug an unserem Zelt vorüberzog, schob sie den Vorhang zur Seite und sah hinaus.«

Der Emir ging zu seiner zweiten Frau und fragte auch sie: »Haben wir eine Tochter im Heiratsalter?«

Sie antwortete, daß sie zwar eine Tochter habe, die alt genug sei, aber nicht meine, daß sich das Mädchen für eine Heirat in die Fremde eigne, »denn als deine erste Frau einmal nicht zu Hause war und sie mir geholfen hat, den schweren Milchkessel vom Feuer zu nehmen, hat sie den Finger in die Milch gesteckt und abgeschleckt!«

Der Emir ging darauf zu seiner dritten Frau und fragte: »Haben wir wohl eine Tochter, die für eine Heirat in ein fremdes Land taugt?«

»Ich habe so eine Tochter«, erwiderte die dritte Frau. »Sie heißt Meyane und ist sittsam, schön und klug. Ich glaube, sie ist die richtige.«

Der arabische Stammesfürst führte die Tochter am darauffolgenden Tag zu seinem Gast; der nahm unter vielen Dankesbezeigungen Abschied und ritt mit dem Mädchen davon.

Sie kamen nach Damaskus und zu Dedos Haus. Der Onkel sprach zu seinem Neffen: »Hier ist das Mädchen, das ich für dich gefunden habe! Nimm es zur Frau und nimm von meinem Reichtum, ich biete dir beides an!« Dann wandte der Onkel sich zu Meyane und sprach: »Meyane Hanım, ich muß nun nach Aleppo zurückkehren. Bleibe du bei Dedo und hüte Ansehen und Ehre unseres Hauses!« Meyane Hanım gab ihm ihr Wort, küßte ihm die Hand und erlaubte ihm, Abschied zu nehmen. Dann sagte sie zu Dedo: »Schau dich nach einem sechs-, siebenjährigen Jungen um und bring ihn zu mir!« Es dauerte nicht lange, da hatte Dedo einen solchen Jungen gefunden. Er hieß Eliko und brachte fortan die Tücher, die Meyane nähte, zum Verkauf auf den Markt, und so verdienten sie ihren Lebensunterhalt.

Eines Tages gingen die Einwohner der Stadt zum Padscha und beschwerten sich, daß die Waren knapp und teuer geworden seien, seit es keinen lebhaften Handel mehr gebe. Da rief der Padscha Dedo zu sich und sprach: »Die Leute sind unzufrieden, weil zu wenig Waren ins Land kommen. Treibe Handel wie früher dein Vater, so daß wieder mehr Waren getauscht werden und das Angebot reicher und billiger wird!«

Verzweifelt ging Dedo nach Hause und berichtete Meyane, was der Padscha von ihm verlangt hatte. Sie aber tröstete ihn und sprach: »Mach dir keine Sorgen! In drei Tagen habe ich alle Waren vorbereitet, so daß die Karawane beladen werden kann!« Noch ehe drei Tage vergangen waren, hatte Meyane alles gerichtet, und als Dedo aufbrach, gab sie ihm ein schön gesticktes Tuch für den Padscha von Georgien mit, darauf hatte sie geschrieben: »Mir träumte, Ihr und ich, wir seien Geschwister geworden. Nun schicke ich Dedo, meinen Gatten, zu Euch und bitte Euch, ihm den Handel in Eurem Land zu gestatten!« Außerdem gelobte sie, ihre Kleider zum Schlafen nicht auszuziehen, solange Dedo fort war …

Als Dedo dem Padscha von Georgien das Tuch seiner Frau überreichte, staunte jener über die Schönheit der Stickerei. Die Botschaft aber, die sie enthielt, rührte ihn so sehr, daß er Dedo Meyane zuliebe in allen Dingen behilflich war.

Als Meyane ihrem Mann beim nächsten Mal ein Kästchen für den Padscha von Georgien mitgeben wollte, weigerte Dedo sich, es zu nehmen, und erklärte: »Es ist als Geschenk für einen Padscha nicht wertvoll genug!«

Meyane aber erwiderte: »Dieses Kästchen wird dir nützen; es wird dir den Verkauf deiner Ware erleichtern.«

Als Meyane merkte, daß sie Dedo nicht umstimmen konnte, bat sie Eliko, das Kästchen mitzunehmen. Der Junge wollte ihr den Gefallen anfangs nicht tun und sagte: »Wenn mein Herr das Kästchen nicht mitnehmen will, tue ich es auch nicht!« Doch schließlich gab er ihr zuliebe nach und sprach: »So packe es zu der Last des letzten Kamels! Am Ziel werde ich es mir holen und dem Padscha übergeben.«

Als sie mit der Karawane aufbrachen, zog der ehebrecherische Händler ihnen nach. Unterwegs fiel das Kästchen aus dem Packsack. Der Händler bemerkte es und nahm es an sich. Als sie zum Palast des Padschas kamen und Dedo seine Waren dort ablud, tat er es ebenfalls und überreichte dem Padscha das zufällig gefundene Kästchen.

Der Padscha war überrascht und sprach: »Sage mir, wie der, dem das Kästchen gehört, zu dir steht!«

»Es gehört einer Frau, sie ist meine Geliebte«, erwiderte der Händler.

»Bringe eine Eigentümlichkeit dieser Frau in Erfahrung und berichte sie mir!« befahl der Padscha und beschlagnahmte die

Waren beider Karawanen. Der Händler ging davon. Dedo aber blieb am Hofe des Padschas, und Eliko kehrte allein in seine Heimat zurück.

Der Händler machte eine alte Zauberin ausfindig, die sollte ihm helfen, bei Meyane einzudringen. Die Alte ließ eine Truhe anfertigen und ein Loch hineinbohren. Sie versteckte den Händler in der Truhe und schloß den Deckel. Dann schleppte sie die Truhe zu Meyane Hanıms Haus und klopfte bei ihr an. Sie bat Meyane, sie für eine Nacht bei sich aufzunehmen, doch diese wies sie ab, weil sie während der Abwesenheit ihres Mannes niemanden bei sich einlassen wollte. Aber als die Alte bat, sie Dedo zuliebe zu beherbergen, öffnete Meyane ihr die Tür und erlaubte in ihrer Arglosigkeit, daß die Alte ihre Truhe mit hereinbrachte.

Nachdem die Alte eine Weile geschwatzt hatte, sagte sie zu Meyane: »Du bist doch die Tochter eines Fürsten! Warum läufst du so schmutzig herum und wäschst dich nicht? Meinst du, daß dein Mann sich ebenfalls weder wäscht noch schlafen legt, solange er von dir getrennt ist?«

Sie wiederholte dies so oft, bis sie Meyane überredet hatte, ihr Gelöbnis zu brechen. Die junge Frau ließ Wasser heißmachen und nahm ein Bad. Der Händler aber beobachtete sie dabei durch das Loch in der Truhe und merkte sich all ihre Eigentümlichkeiten gut. Tags darauf nahm die Alte ihre Truhe und machte sich aus dem Staub. Erst als sie sich ein ganzes Stück von Meyanes Haus entfernt hatte, öffnete sie die Truhe und ließ den Händler heraus. Der war hochzufrieden und belohnte die Alte reichlich. Dann begab er sich zum Padscha von Georgien und beschrieb ihm alle Besonderheiten, die er an Meyane gesehen hatte. Der Padscha gab darauf die beschlagnahmte Ware des Händlers frei und ließ ihn reich beschenkt in seine Heimat zurückkehren. Dedo aber fiel in Ungnade und durfte nicht länger im Palast bleiben. Arm und ehrlos wie er war, traute er sich nicht nach Hause und litt Not im fremden Land. Inzwischen wartete Meyane Hanım vergeblich auf ihren Mann.

Eines Tages sah sie von ihrem Balkon aus, wie Eliko an ihrem Haus vorüberging und das Haus seiner Mutter betrat. Da lief sie zu ihm und fragte: »Wo ist Dedo?«

»Geh weg, du Schlechte! Weißt du nicht selbst, wo Dedo ist? Geh weg, du Schamlose, und laß mich nicht bereuen, daß ich von deinem Brot gelebt habe!«

Meyane Hanım flehte Eliko wieder und wieder an, zu erzählen, was geschehen war, und Elikos Mutter tat es auch. Und als sie es endlich erfuhren, beschloß Meyane, nach Georgien zu gehen, und bat Eliko, sie zu begleiten.

Als sie dort waren, mietete sie ein vornehmes Haus und sprach zu dem Jungen: »Geh und kaufe drei Truhen und bringe sie hierher!« Und als er es getan hatte, sprach sie: »Nun gehe fort und komme am Abend zurück! Klopfe dann drei Mal gegen die Tür: das erste Mal um zehn Uhr, das zweite Mal um elf Uhr und das dritte Mal um Mitternacht! Beim letzten Mal belausche das Gespräch und merke dir gut, was du hörst!« Darauf schmückte sie sich, begab sich in den Palast des Padschas und wartete vor der Tür zu seinem Zimmer.

Nicht lange, da öffnete sich die Tür, und heraus trat der Wesir des Padschas. Als er Meyane erblickte, fragte er sie:

»Wer bist du, Geschöpf Gottes?«

»Ach«, erwiderte sie und seufzte, »ich bin eine einsame, alleinstehende Frau und habe niemanden, der für mich sorgt.«

Der Wesir sah Meyane lange an, und weil sie so schön war, verlor er vor Liebe den Verstand. »Wenn es so ist, daß du allein bist«, sprach er, »will ich dich heiraten und dir all meinen Reichtum schenken.«

Da schlug sie vor: »Komme heute abend um zehn Uhr zu mir, dann können wir in Ruhe darüber reden!« Sie beschrieb ihm den

Weg zu ihrem Haus, und er ging zufrieden von dannen, um sich auf das abendliche Treffen vorzubereiten.

Nicht lange, da öffnete sich die Tür zum Zimmer des Padschas erneut, und der oberste Richter trat heraus. Auch er verliebte sich in die schöne Unbekannte und wollte sie heiraten, kaum daß er sie erblickt hatte, und so vereinbarte sie auch mit ihm ein Treffen in ihrem Haus, doch sollte es am Abend um elf Uhr stattfinden.

Der oberste Richter war gerade fort, daß kam der lügnerische Händler aus dem Zimmer des Padschas. Er hatte Meyane niemals zuvor bekleidet gesehen und erkannte sie nicht, doch gefiel sie ihm so sehr, daß auch er ihr die Heirat vorschlug. Sie willigte ein und verabredete sich mit ihm um Mitternacht …

Pünktlich um zehn Uhr am Abend klopfte der Wesir an Meyanes Tür, doch kaum hatte sie ihn eingelassen und einige Worte mit ihm gewechselt, klopfte es noch einmal. Erschrocken rief der Wesir: »Wer kann das sein?«

»Es ist sicher mein Mann!« erwiderte Meyane.

»Was sollen wir tun?« fragte der Wesir. Da öffnete sie den Deckel von einer der Truhen, der Wesir kroch hinein, und schon schloß sich der Deckel über ihm, und er saß im Dunkeln …

Als es elf Uhr war, erschien der oberste Richter, und auf die gleiche Weise wie vorher den Wesir steckte Meyane Hanım auch ihn in eine Truhe.

Um Mitternacht schließlich kam der Händler und wurde in die dritte Truhe gesperrt. Dann machte sich Meyane gemeinsam mit Eliko über die guten Sachen her, welche die drei Genarrten mitgebracht hatten, und schickte den Jungen anschließend zum Lauschen vor die Tür. Als ersten ließ sie den Händler aus seiner Truhe steigen und befragte ihn über seine Beziehung zu Meyane Hanım.

»In Wahrheit«, sprach der Händler, »hat es nie irgend etwas zwischen ihr und mir gegeben.«

»Wie war es dann aber möglich, daß du sie dem Padscha so genau beschreiben konntest?« wollte Meyane wissen.

»Eine alte Zauberin hat mich in einer Truhe versteckt und die Truhe dann in ihr Haus gebracht. Und als sie dann ein Bad genommen hat, da habe ich mir alle ihre Eigentümlichkeiten eingeprägt.«

Der Wesir, der oberste Richter und Eliko hörten den Bericht des Händlers Wort für Wort mit, und vor lauter Freude darüber klopfte der Junge laut an die Tür. Schnell sprang der Händler in die Truhe zurück, und Meyane machte den Deckel fest zu. Am nächsten Tag ließ sie alle drei Truhen zum Palast des Padschas bringen, der ungeduldig auf seinen Wesir, seinen obersten Richter und den Händler wartete und sich über deren Ausbleiben wunderte. Meyane bat ihn um die Erlaubnis, ihre Truhen in den Empfangssaal bringen zu lassen und dort zu öffnen. Der Padscha gewährte ihr die Bitte, die Truhen wurden gebracht und aufgemacht ..., und zum Erstaunen des Padschas und der ganzen Gesellschaft, die um ihn versammelt war, stiegen die drei vermißten Männer heraus. Da blickte Meyane Hanım den Padscha an und sprach mit fester Stimme: »Ich bitte den Wesir und den obersten Richter, dir zu erklären, ob deine Schwester Meyane jemals eine Beziehung zu diesem Händler hier gehabt hat!«

Da erklärten sowohl der Richter als auch der Wesir: »Der Händler hat zugegeben, daß er in Wahrheit keine Beziehung zu Meyane Hanım hatte. Er hat sie beim Baden durch das Loch einer Truhe beobachtet, in der ihn eine alte Zauberin ins Haus gebracht hatte, und sich so das Wissen über ihre Eigentümlichkeiten verschafft.«

Als der Padscha dies gehört hatte, rief er den Henker und ließ den Händler köpfen.

Danach ließ er Dedo holen, gab ihm seine Waren zurück und machte ihn zum Obersten der Händler. Meyane Hanım aber wurde hoch geehrt und reich beschenkt … Und nachdem die beiden mit ihrer Karawane in ihre Heimat zurückgekehrt waren, lebten sie für immer im Glück!

Märchen der Kurden

Für Ramadan

Ein Efendi hatte eine schöne Frau geheiratet, doch leider, leider wog ihr Verstand nicht schwerer als das Gewicht zweier Nüsse auf einem Kamel.

Der Efendi war ein reicher Mann und brachte jeden Tag irgend etwas zum Unterhalt für sein Haus mit. Als der Ramadan näherrückte, begann er, sich auf den Fastenmonat vorzubereiten. An einem Tag brachte er einen Korb voll Reis mit, an einem anderen einen Krug mit Schmalz, an einem dritten einen Korb mit Kaffee, an einem vierten einen Sack Zucker, und sooft er etwas mitbrachte, sagte er zu seiner Frau: »Dies ist für Ramadan ..., das ist für Ramadan ...«, und weil er soviel heimbrachte, wurde der Platz eng.

Eines Tages zogen zwei Kameltreiber durch die Straßen und hatten fünf, sechs Kamele aneinandergebunden. Als sie am Hause des Efendi vorüberkamen, löste sich das Halfter des einen Kamels, das Tier trat darauf und hinkte. Einer der beiden Kameltreiber war zurückgeblieben und rief seinem Gefährten von weitem zu: »He, Ramadan, binde den Halfter des Kamels fest!« Die Frau des Efendi hörte den Namen Ramadan, sah hinaus und fragte: »Wer von euch ist Ramadan?«

»Ich, Herrin!« antwortete der eine.

Da rief sie: »Bei Gott! Wenn einer fremden Leuten seine Sachen zum Aufbewahren bringt, kann er die Leute dann nicht auch wieder von ihnen befreien? Wir haben wenig Platz! Deine Sachen belästigen uns! Nimm sie mit!«

»Aber ja, Herrin!« rief der Mann. »Sieh meine Kamele! Ich bin mit ihnen hergekommen, um die Sachen zu holen.«

Er ließ die Kamele vor der Tür des Hauses niederknien und fragte: »Wo sind meine Sachen?«

Sie wies nach hinten. »Dort, in jenem Zimmer«, sagte sie, führte ihn hinein und sprach: »Alles, was du hier siehst, ist dein.«

Er belud die Kamele mit Hilfe seines Gefährten, und sie zogen ab.

Am Abend kam der Efendi nach Hause. Freudig sagte seine Frau zu ihm: »Es ist ein Glück, daß Ramadan heute endlich gekommen ist und seine Sachen abgeholt hat!«

»Welcher Ramadan?« fragte er und wunderte sich.

»Nun, der, für den du so viele Sachen bei uns untergestellt hast! Seine Vorräte waren mir schon lange im Weg!« antwortete die Frau.

Er ging ins Magazin, da war es leer!

»Daß Gott dein Haus zerstöre!« rief er voller Zorn. »Der Fastenmonat Ramadan war doch gemeint! … Gott möge sie ausrotten, diese Frauen ohne Verstand!«

Märchen aus Palästina

Der Brunnen

Wir waren seit langem unterwegs. Die Sonne brannte. Die Luft kochte. Meine Frau Aischa sagte, ihre Kehle sei trocken. Ihre Mutter klagte nicht. Meine Mutter schwieg. Mich quälte großer Durst, und ich konnte mir vorstellen, was die drei Frauen empfanden.

Alle vier waren wir schon lange unterwegs. Aischa und ihre Mutter, meine Mutter und ich.

Endlich kamen wir zu einem Brunnen.

Ich gab meiner Mutter die Hand, und sie stieg in die Tiefe, um Wasser zu schöpfen. Von Aischas Hand gehalten, hing ich über dem Abgrund, und sie klammerte sich am Arm ihrer Mutter fest.

Einer nach dem anderen haben wir das Wasser getrunken, das meine Mutter heraufbrachte. Sie wollte noch tiefer hinabsteigen. Ich hielt sie fest an der Hand und hing dabei mit meinem ganzen Körper über dem Abgrund; meine Hand wurde von Aischa gehalten, die ihrerseits den Arm ihrer Mutter umklammerte. So bildeten wir eine Menschenkette, die aus vier Gliedern bestand. Die unten waren denen oben auf Gedeih und Verderb ausgeliefert. Wehe mir, wehe meiner Mutter, wenn Aischa, wenn ihre Mutter eine Schwäche befiele! Und jetzt, was jetzt soll ich tun?

»Laß die Hand der Alten los, Harun, hörst du? Wenn nicht, laß ich dich los!«

Das hat Aischa eben zu mir gesagt.

Meine Mutter ist weit unten im Brunnen. Wenn ich sie loslasse, stürzt sie in die Tiefe und stirbt. Wenn ich sie festhalte, läßt Aischa meine Hand los, und ich stürze mit meiner Mutter zu Tode.

Haß klang in Aischas Stimme. Ob sie einen anderen liebt? Mein Arm schmerzt. Es ist dunkel im Brunnenschacht. Mein Arm schmerzt stärker und stärker.

»Harun, zum letzten Mal: Laß die Hand deiner Mutter los!«

Was soll ich tun?

O Du, der Du mir in diesem Augenblick zuhörst, gib mir einen Rat! Was würdest Du an meiner Stelle tun?

Antworte mir schnell, ich spüre meinen Arm schon nicht mehr. Was würdest Du an meiner Stelle tun?

Märchen der Berber

Ammenmärchen

In einer Hafenstadt Persiens lebte einst ein junger Kaufmann mit Namen Mohammad-Hassan. Er war noch unverheiratet und wohnte mit seiner Mutter zusammen, die er zärtlich liebte.

Die beiden gingen häufig auf dem Land spazieren und unterhielten sich dabei in aller Muße. Als sie eines Tages wieder einmal einen Spaziergang machten, sagte die Mutter zu ihrem Sohn: »Mein lieber Sohn, ich fühle, daß ich alt werde, und der Augenblick, da ich mich für die letzte Reise fertigmachen muß, wird bald gekommen sein. Deshalb solltest du schon heute daran denken, dich mit einem Mädchen aus guter Familie zu verheiraten, damit du nicht allein bist, wenn ich gegangen bin.«

Mohammad-Hassan stimmte dem Vorschlag seiner Mutter zu. Er dachte eine Weile nach und sagte dann: »Meine liebe Mutter, um ein vornehmes Mädchen heiraten zu können, müßte ich viel Geld ausgeben. Wenn Ihr erlaubt, möchte ich lieber ein einfaches Mädchen heiraten, das Euch mit größerer Ergebenheit zu Diensten wäre.«

Die Mutter war mit dem Wunsch ihres Sohnes einverstanden, und schon am nächsten Tag begann sie, sich nach einer passenden Braut für ihn umzusehen. Bald fand sie ein Mädchen, das ihr gefiel, und der Tag der Hochzeit wurde festgesetzt. Als die Feierlichkeiten vorüber waren, begann für die Mutter, den Sohn und die junge Ehefrau ein neues Leben. Die junge Frau war so liebenswürdig und freundlich, daß die Zuneigung, die der junge Kaufmann für sie empfand, von Tag zu Tag größer wurde. Sie war ganz so, wie er sie sich gewünscht hatte, sanft, gehorsam und fleißig. Deshalb packte er unbesorgt seinen Koffer und ließ seine Mutter ohne Bedenken in der Obhut seiner jungen

Ehefrau zurück, als seine Geschäfte es eines Tages erforderlich machten, daß er auf eine längere Reise ging.

Aber schon am Tag nach seiner Abreise zeigte sich der wahre Charakter der jungen Frau. Sie fing an, ihre Schwiegermutter zu quälen und zu mißhandeln, und zwang sie eines Tages sogar, Hühnereier auszubrüten. Sie fertigte eine dick mit Baumwolle ausgepolsterte Hose für sie an und legte die Eier hinein. Die arme Alte meinte, sie müsse ihrem Sohn zuliebe tun, was die Schwiegertochter von ihr verlangte, und saß auf den Eiern und bewegte sich nicht. Nach vierzig Tagen schlüpften hübsche Küken, und die Alte gewann sie lieb, weil es sie so viel Mühe gekostet hatte, sie auszubrüten. Tagsüber liefen sie ihr überallhin nach, des Nachts krochen sie ihr ins Haar, und wenn sie wie eine Glucke mit lauter Stimme »guood, guood, guood« nach ihnen rief, antworteten sie »djik, djik, djik«.

Die Küken wurden größer, und als Mohammad-Hassan von seiner Reise zurückkam, war er bestürzt über den lächerlichen Anblick, den seine Mutter mit ihren jungen Hühnchen bot, die Tag und Nacht hinter ihr herliefen. Um die alte Frau von dieser Qual zu befreien, schlachteten sie täglich mehrere Hühner, bis auch das letzte geschlachtet und aufgegessen war. Sie lebten aufs neue friedlich zusammen, bis der junge Kaufmann eines Tages wieder verreisen mußte. Als er seine Mutter diesmal seiner Ehefrau anvertraute, tat er es ungern und war unruhig und besorgt.

Er hatte mit seinen Befürchtungen recht, denn kaum war er aus dem Haus, beschloß seine böse Frau, ihre Schwiegermutter ein für allemal loszuwerden, ganz gleich, auf welche Weise.

Als sie eines Tages in der Ferne eine Truppe fahrender Musikanten hörte, lief sie ihnen entgegen und erzählte ihnen, daß sie mit einer alten Frau zusammenlebte, die ausgezeichnet tanzte und die allerkomischsten Grimassen schneiden konnte. Sie wollte sie ihnen unter der Bedingung verkaufen, daß sie die Alte mitnähmen und aus der Stadt wegbrächten. So wurde

Mohammad-Hassans alte Mutter von den fahrenden Musikanten gekauft und mußte mit ihnen ziehen.

Kaum war die Schwiegertochter allein, schaufelte sie in einer Ecke des Gartens ein Grab und weinte laut um ihre verstorbene Schwiegermutter. Die Nachbarn waren von ihrer Trauer so gerührt, daß sie kamen und sie trösteten. Von früh bis spät tat die junge Frau, als ob sie heiße Tränen vergoß, und jammerte: »Wie soll ich das Leid ertragen, das mich heimgesucht hat? Wie bitter ist es, allein zu sein! Nichts kann mich trösten!« Die mitfühlenden Nachbarn gaben sich große Mühe, ihren Schmerz zu lindern, aber vergeblich. Als sie sahen, daß Mohammad-Hassan nach Hause zurückkehrte, liefen sie ihm entgegen und teilten ihm schonend mit, daß seine Mutter gestorben war. Er war ebenso verzweifelt wie seine Frau. Er brach in Wehklagen aus und warf sich laut schluchzend über das Grab seiner Mutter. Er war untröstlich, daß er sie verloren hatte.

An einem schönen Tag im Frühling, als alle Bäume in prachtvoller Blüte standen, beschloß er, allein auf dem Land spazierenzugehen. Er ging durch die blühenden Gärten bis zu den bunten Tulpenfeldern am Rande der Stadt und wanderte weiter ins flache Land hinaus. Er gelangte an die Straße, auf der die Kamel- und Maultierkarawanen dahinzogen, und ließ sich auf einem Stein am Straßenrand nieder. Er begann, an seine Kinderzeit zu denken, und mit den vielen Erlebnissen, die ihm in den Sinn kamen, stieg auch die Erinnerung an die Zärtlichkeit seiner Mutter in ihm auf und wurde so mächtig, daß er heiße Tränen vergoß.

Wie er vom Kummer überwältigt dasaß, drangen aus der Ferne Musik und Gesang an sein Ohr. Er horchte auf und lauschte der einschmeichelnden Stimme. Es war ihm, als gäbe es eine Verbindung zwischen ihr und seinen Erinnerungen. Unwillkürlich stand er auf und lenkte seine Schritte in die Richtung, aus der er die Musik vernahm. Er kam an eine Kreuzung und fand dort eine große Menschenmenge versammelt, die sich um eine alte Frau geschart hatte. Die Frau tanzte und wetteiferte darin mit einem Affen, schlug die Hände im Takt und sang.

Als die Mutter ihren Sohn unter den Zuschauern entdeckte, tat sie, als habe sie ihn nicht erkannt, und sang nach jeder Strophe:

Mutter, Mutter von Mohammad-Hassan,
hast du letztes Jahr meine Küken schlüpfen sehen?
Mutter, Mutter von Mohammad-Hassan,
Schau, dies Jahr muß im Tanz ich mich drehen!
Letztes Jahr hast du meine Küken schlüpfen sehen.

Das Lied rührte den Sohn. Er ging zu den Musikanten und sagte: »Es ist eine Sünde, diese alte Frau so zu quälen! Verkauft sie mir! Ich will euch einen so hohen Preis für sie bezahlen, daß ihr euch für das Geld eine schöne junge Sklavin kaufen könnt.«

Die Musikanten nahmen das Angebot mit Vergnügen an. Mohammad-Hassan kehrte mit seiner Mutter nach Hause zurück und küßte ihr ehrerbietig die Füße. Seine böse junge Frau aber jagte er davon und lebte danach mit seiner alten Mutter in Ruhe und Frieden.

Persisches Märchen aus Chorassan

Mutter, Mutter, alles andere ist Lüge

Im Namen Gottes, des Erbarmers und Barmherzigen!
Mögen das Heil und das Gebet bei dem Propheten sein! Amen.

Einst lebte eine arme Frau. Sie hatte einen Sohn. Er war ihr Schmerz und ihre Freude. Sie lehrte ihn Gottes Gebot und ließ ihn einen Beruf erlernen. Als er zwanzig Jahre alt wurde, sagte sie zu ihm: »Mein Sohn, es ist an der Zeit, daß du dir eine Frau nimmst.« Er sagte aber: »Weshalb soll ich heiraten? Sind wir nicht glücklich miteinander, du und ich? Was brauchen wir eine Fremde, die zwischen uns steht!«

Die Mutter erwiderte: »Mein Sohn, eine Mutter lebt nicht ewig! Wer soll denn für dich sorgen, wenn ich nicht mehr bin?«

Und sie ging und suchte ihm eine Frau, die jung und hübsch war. Sie gab ihrem Sohn das schönste Zimmer im Haus und nahm das kleinste für sich. »So bin ich ganz in deiner Nähe!« sagte sie zu ihm.

Die junge Ehefrau war eifersüchtig auf die Liebe, die ihr Ehemann seiner Mutter entgegenbrachte. »Was hat diese alte Frau bei uns zu suchen?« sagte sie. »Sie steht zwischen uns. Ich getraue mich nicht, mit dir zu lachen und fröhlich zu sein, wenn sie da ist. Ihre trübe Miene verdirbt mir jede Freude. Weshalb bleibt sie zum Essen nicht auf ihrem Zimmer?«

Der Sohn lief zu seiner Mutter. »Die Frau, die du mir gegeben hast, hat ein böses Herz«, empörte er sich, »es stört sie, wenn du bei uns bist. Sie möchte, daß du auf deinem Zimmer ißt.«

»Deine Frau hat recht«, antwortete die Mutter, »sie ist jung, es steht ihr zu, ausgelassen und fröhlich zu sein. Ich werde von nun an auf meinem Zimmer essen.«

Der Sohn fing an zu weinen, aber er widersprach seiner Mutter nicht. Er war schwach und hatte nicht den Mut, sich seiner Ehefrau zu widersetzen.

Einige Tage danach sagte die junge Frau zu ihrem Mann: »Wir werden bald ein Kind haben. Ob ein einziges Zimmer dann für uns ausreicht? Kann deine Mutter nicht woanders wohnen?«

Der Sohn war entrüstet und sagte zu seiner Mutter:

»Mutter, die Frau, die du mir gegeben hast, hat ein böses Herz! Sie sagt, sie braucht dein Zimmer. Sie will, daß du ausziehst.«

»Deine Frau hat recht«, antwortete die Mutter, »wenn ihr ein Kind habt, wird es in eurem Zimmer zu eng für euch sein. Ich werde zu meiner Schwester ziehen.«

Der Sohn fing an zu weinen, aber er hielt seine Mutter nicht zurück. Er war schwach, seine Ehefrau war stärker als er.

Kaum war die Mutter ausgezogen, rief die junge Frau ihren Ehemann zu sich. »Ich bin krank«, jammerte sie, »mein Herz schmerzt, als hätte ein Dolch es durchbohrt. Dein Kind wird nicht zur Welt kommen!«

»Sprich nicht so! Ich will so etwas nicht hören!« rief ihr Mann und fragte besorgt: »Was fehlt dir, was willst du? Soll ich einen Heilkundigen rufen? Willst du zu einem Heiligen, zu einem Marabut, gehen?«

»Nein«, sagte sie, »was ich brauche, um gesund zu werden, hat mir ein Traum enthüllt. Es ist die Leber deiner Mutter.«

Der Sohn erschrak. Er lief davon und lief zu seiner Mutter. »Mutter«, rief er, »die Frau, die du mir gegeben hast, hat ein böses Herz! Sie will deine Leber essen, um ihr Leben und das Leben ihres Kindes retten!«

Da sagte die Mutter: »Deine Frau hat recht. Sie hat noch viele Lebensjahre vor sich, und ihr Kind - vergiß nicht, es ist auch dein Kind! - hat sein Leben noch gar nicht begonnen. Willst du sie beide sterben lassen, nur um deine alte Mutter, die am Rande des Grabes steht, ein wenig länger bei dir zu behalten? Nimm diesen Dolch, erstich mich und gib deiner Frau meine Leber zu essen!«

Der Sohn stürzte weinend davon. »Darf ich denn meine Mutter töten?« dachte er bei sich, und er zitterte. Er wußte, daß er schwach war.

Als er nach Hause kam, wand seine Frau sich in schrecklichen Krämpfen.

»Geh«, keuchte sie, »sonst hast du bald weder Frau noch Kind!«

Der Sohn stürzte zurück zu seiner Mutter und schnitt ihr die Kehle durch. Er schnitt ihr die Leber aus dem Leib, legte sie auf einen Teller und lief nach Hause. Unterwegs stieß er sich den Fuß an einem Stein. Da fragte die Leber seiner Mutter mitleidig: »Hast du dir weh getan, mein Kind?«

Märchen aus Marokko

Gott allein weiß die Wahrheit

Es wird erzählt – aber Gott allein weiß die Wahrheit –, daß einem Sultan einst zwei Kinder geboren wurden, ein Mädchen und ein Knabe. Doch starb die Mutter, als sie den Knaben zur Welt brachte. Und die Jahre vergingen …

Eines Tages beschloß der Sultan, auf Pilgerfahrt nach Mekka zu gehen. Sein Sohn wollte ihn begleiten, der Vater willigte ein und die beiden machten sich gemeinsam auf den Weg. Das Mädchen blieb allein mit einer Dienerin im Palast zurück. Viele Monate vergingen, aber niemals kam eine Nachricht von Vater und Bruder, und so fürchtete das Mädchen, daß ihnen ein Unglück zugestoßen sei.

Eines Tages hielt es sich auf dem Balkon auf, wo der Wesir des Sultans es erblickte. Er verliebte sich in das schöne Mädchen, ging zu einer alten Zauberin und fragte: »Wie kann es mir gelingen, die Tochter des Sultans zu heiraten?«

»Das ist leicht«, erwiderte die Alte. »Ich werde Pilgerkleider anlegen und dich in einem Koffer verstecken. Mit diesem Koffer werde ich zu der Tochter des Sultans gehen und ihr Nachricht von ihrem Vater und ihrem Bruder bringen. Ich werde sie bitten, meinen Koffer bis zum nächsten Tag zu verwahren, und so kannst du in der Nacht herauskommen und tun, was dir beliebt.«

Der Wesir war mit dem Plan der listigen Alten einverstanden, stieg in ihren Koffer, und sie machte sich damit auf den Weg zum Palast. Sie klopfte an das Tor, und die Dienerin kam und hieß sie eintreten. Die Zauberin trug nun ihre Lügengeschichte vor, aber die Tochter des Sultans durchschaute sie nicht, sondern war überglücklich, endlich von Vater und Bruder zu hören. Sie lud die Alte ein, mit ihr Kaffee zu trinken. Diese schlug die Einladung aus, bat die Prinzessin aber, ihren schweren Koffer eine Nacht in Verwahrung zu nehmen. Die Prinzessin ließ den Koffer darauf in ihr Schlafzimmer bringen, und die Alte ging zufrieden von dannen.

Um die Mitternachtsstunde hörte die Prinzessin auf einmal ein Geräusch von leisen Schritten, die näher und näher kamen. Sie zündete die Lampe an, erblickte den Wesir und fragte überrascht: »Warum kommst du zu so später Stunde in mein Zimmer?«

»Ich will dich heiraten, noch heute nacht!« antwortete er, und indem er auf seinen Jatagan, sein Krummschwert, zeigte, fügte er drohend hinzu: »Und willigst du nicht ein, töte ich dich!«

Das Mädchen verlor nicht den Kopf, griff nach einem Stock und schlug mit aller Kraft auf den Wesir ein, so daß er bewußtlos zu Boden stürzte. In der Morgenfrühe erwachte er jedoch aus seiner Betäubung. Er bemächtigte sich des Schlüssels, schloß die Tür auf und entfloh …

Kaum war er zu Hause, schickte er dem Sultan eine Botschaft, die lautete: »Deine Tochter geht jede Nacht allein aus und hat Umgang mit den übelsten Taugenichtsen und schlimmsten Trunkenbolden.«

Als der Sultan den Brief erhielt, schenkte er ihm Glauben. Heftiger Zorn packte ihn. Er rief seinen Sohn und befahl ihm: »Reite nach Hause, töte deine Schwester und bring mir ihr Blut in einer Flasche, damit ich es trinke!«

In einem Augenblick sprang der Sohn auf sein Pferd und sprengte davon, erreichte den Palast und klopfte an das Tor: Da war es die Schwester selbst, die ihm öffnete, und sie fiel ihm um den Hals und küßte ihn, als sie ihn erkannte.

Er zog sie zu sich aufs Pferd und ritt mit ihr an einen unbewohnten Ort. Dort gewährte er ihr nicht die kürzeste Frist, stürzte sich auf sie und tötete sie. Dann füllte er eine Flasche mit ihrem Blut und kehrte in Eile zu seinem Vater zurück …

Das Ende der Geschichte? Man erzählt es sich so –, aber Gott allein weiß die Wahrheit:

Die Zauberin hat ihre bösen Ränke noch lange getrieben …
Der Wesir ist sehr alt geworden und gestorben, nachdem er jeden und jeden Tag einen Tropfen Blut verloren hat …
Der Sultan und sein Sohn sind verschollen. Niemand hat je wieder von ihnen gehört.

Märchen der Kabylen aus Algerien

Nardanesi

In alter Zeit, die längst vorbei,
als das Sieb lag drinnen in der Spreu,
spielten die Kamele Ball im alten Hamam.
Im Hamam gab's kein Wasser,
der Holzfäller hatte keine Axt,
und der Windhund, der durch die Straßen lief,
hatte kein Halsband um den Hals …

»Abdal«, sprachen sie zu mir,
»geh nicht fort, bleibe hier!«
Sie suchten mir ein Mädchen aus
und richteten die Hochzeit aus.
Den Schleier lupft ich,
vor Schrecken, da hupft ich:
Die Braut – ein Kürbis,
ein Ungeheuer, riesengroß,
mit Zähnen wie eine Harke so groß!
Vom Nacken herab hing ihr der Zopf,
eine Taille hatte sie wie ein Frosch.
Doch gesund war sie und voller Kraft
und wohl geeignet zur Mutterschaft …

In den alten Zeiten, als ich noch mit zwei Rössern durchs Schlüsselloch ritt, lebte in einer kleinen Stadt ein armer Mann allein mit seiner einzigen Tochter, die er sehr liebte. Sie hieß Nardanesi, was soviel bedeutet wie Granatapfelkern, und war zwölf, dreizehn Jahre alt. Die Mutter des Mädchens war früh gestorben, und da nun schon so viele Jahre seit ihrem Tod vergangen waren, wollte sich der Mann gern wieder verheiraten. So grübelte er Tag und Nacht, wie und wo er wohl eine gute Frau finden könne. Eines Morgens in der Schule sagte die Lehrerin zu Nardanesi: »Ach, Nardanesi, mein Liebling, mein Lämmchen, wie gern hätte ich eine Tochter, die so hübsch und brav ist, wie du es bist!«

Nardanesi freute sich darüber und antwortete: »Ach, und ich, wie gern hätte ich eine Mutter, die so schön und freundlich ist, wie Ihr es seid!«

Die Lehrerin erkannte die günstige Gelegenheit und sprach: »Wenn es so ist, Nardanesi, mein Töchterchen, mein Täubchen, bin ich gern bereit, mich um deinetwillen mit deinem Vater zu verheiraten und gut für dich zu sorgen. Geh nur und sag es ihm!«

Nardanesi lief gleich nach Hause, um dem Vater die gute Nachricht zu bringen. »Väterchen«, rief sie, »lieber Vater, wenn du heiraten willst, heirate meine Lehrerin! Eine andere Mutter will ich nicht!« Da war der Vater einverstanden, und bald wurde die Hochzeit gefeiert.

Am Anfang sorgte die Stiefmutter gut für Nardanesi, aber je mehr Zeit verging, um so eifersüchtiger wurde sie auf das Mädchen. Sie begann zu überlegen, wie sie es aus dem Haus treiben könne, und dachte sich schließlich einen bösen Plan aus.

Eines Tages – es war ein Feiertag, und alle Leute gingen aus, um sich zu vergnügen – bat die Stiefmutter ihren Mann, der Tochter doch zu erlauben, an den Vergnügungen teilzunehmen. »Sie ist jung«, sagte sie, »laß sie ein wenig Freude haben! Außerdem war sie immer brav und folgsam. Sie wird uns auch heute keine Schande bereiten!«

Als der Vater seine Erlaubnis gab, ging die Stiefmutter zu Nardanesi und sprach: »Nun lauf und vergnüge dich, ich komme bald nach und bringe dir zu essen und zu trinken.«

Die Tochter lief zu ihren Freundinnen, und die Mädchen tanzten und spielten und lachten miteinander. Die Zeit verging, und Nardanesi wurde hungrig und durstig. Ungeduldig wartete sie auf die Stiefmutter, aber die erschien erst, als das Fest beinahe zu Ende war. Da endlich kam sie mit einem Tablett voll Börek, den hatte sie frisch gebacken und in böser Absicht versalzen. Sie brachte auch einen Krug eiskalten Wassers mit und hatte eine junge Schlange hineingetan.

Heißhungrig aß Nardanesi ein großes Stück Börek und wurde so durstig, daß sie gierig nach dem Krug griff. In einem Zug trank sie ihn aus und merkte gar nicht, daß sie dabei eine lebendige Schlange verschluckte.

Einige Zeit war seit dem Fest vergangen, da fiel Nardanesi auf, daß sie sich veränderte. Ihr Leib wurde von Woche zu Woche dicker und runder, und etwas bewegte sich darin.

Die Stiefmutter ließ die Hebamme rufen. Die kam und betastete den Bauch des Mädchens, sah die Stiefmutter an und sprach: »Kein Zweifel, deine Tochter ist schwanger!«

»O du schamloses Geschöpf!« rief die Stiefmutter in gespielter Empörung. »Du hast die Ehre unserer Familie zerstört! Hätte ich deinen Vater nur nicht überredet, dich auf das Fest gehen zu lassen!«

Welche Schande! Als der Vater davon erfuhr, schlief er keine Nacht mehr. Er hätte die Tochter nun zur Rede stellen und sie für ihre Verfehlung hart strafen müssen, aber er brachte es nicht übers Herz, weil er sie zu sehr liebte. Die Schmach der verlorenen Ehre quälte ihn jedoch wie eine offene Wunde, und so beschloß er, das Mädchen ins Gebirge zu führen und auszusetzen.

»Wir wollen einen Spaziergang machen!« schlug er Nardanesi eines Tages vor, und sie brachen gleich auf: *Az gittiler, uz gittiler* ... weit, weit gingen sie und stiegen einen hohen Berg hinauf. Sie setzten sich unter einen Baum, um auszuruhen, und der Vater sprach: »Du bist müde, meine Tochter, leg deinen Kopf auf meine Knie und schlaf ein wenig! Ich will dir ein Schlummerlied singen.«

Kaum waren dem Mädchen die Augen zugefallen, stand der Vater vorsichtig auf und fing eine Biene. Er setzte sie in einen hohlen Halm, hängte ihn an einen tiefreichenden Ast und schlich sich traurig davon.

Nardanesi hörte das Summen der Biene im Traum, sie hielt es für des Vaters Schlummerlied, schlief ruhig weiter und schlief und schlief. Als sie schließlich erwachte und sah, daß der Vater sie verlassen hatte, fing sie bitterlich zu weinen an. »Was soll nur werden?« dachte sie und hatte große Angst. Da spürte sie auf einmal, wie sich in ihrem Bauch etwas heftig bewegte. »Das ist alles das Werk meiner bösen Stiefmutter!« dachte sie verzweifelt. Aber dann stand sie entschlossen auf und begann, den Berg hinabzusteigen. Als sie an einen Bach kam, beschloß sie, die religiösen Waschungen vorzunehmen und zu beten. »Ich will mich Gott anvertrauen«, dachte sie bei sich, »vielleicht zeigt er mir einen Ausweg!«

Kaum hatte sie ihr Gebet beendet, begann eine Stimme in ihrem Bauch zu tönen, der eine andere Stimme aus dem Bach heraus antwortete. Sie spürte einen Schmerz in sich aufsteigen, und schließlich kroch eine Schlange mit ihren Jungen aus ihrem Mund und verschwand im Wasser.

Nardanesi blieb eine Weile regungslos am Bachufer stehen, dann atmete sie tief und machte sich wieder auf den Weg. Sie fühlte sich befreit und erleichtert, aber weil sie keine Heimat mehr hatte, war sie traurig, und das Herz war ihr schwer.

Als es zu dunkeln begann, sah sie in der Ferne ein Licht und dachte bei sich: »Dorthin will ich gehen! Vielleicht wohnen dort freundliche Leute und nehmen mich bei sich auf!«

Der helle Schein, den Nardanesi von weitem wahrgenommen hatte, fiel aus den Fenstern eines einsam gelegenen Hauses, in dem vierzig Räuber lebten. Nardanesi klopfte bei ihnen an und bat um ein Nachtlager, aber da erschraken die Räuber und wollten sie abweisen. Dieses Mädchen war so schön, daß sie kaum wagten, es anzublicken! Wenn es bliebe, würden Eifersucht und Streit unter ihnen aufkommen! Nardanesi erzählte ihnen ihre traurige Geschichte und flehte: »Nehmt mich Gott zuliebe wenigstens diese Nacht bei euch auf!« Da hatten sie Mitleid, berieten sich und sprachen zu ihr: »Bleibe nicht nur diese eine Nacht bei uns, sondern für immer, und sei unsere Schwester! Wir schaffen das Essen heran, und du kochst für uns; so geht es uns allen gut.«

Nardanesi war einverstanden und lebte fortan als Schwester bei den vierzig Räubern im Räuberhaus. Sie liebte ihre Brüder bald von ganzem Herzen, und die Räuber liebten Nardanesi mehr als alles andere auf der Welt und konnten sich gar nicht vorstellen, ohne sie zu sein.

Wie aber ist es inzwischen der Stiefmutter ergangen?

Als eines Abends der Mond voll und schön am Himmel stand, blickte die Stiefmutter zu ihm empor und fragte:

»Mond, schöner Mond, bin ich schöner als du,
bist du schöner als ich?
Wer ist am schönsten, schöner Mond, sprich!«

Da antwortete der Mond:

»Nicht ich bin am schönsten, auch du es nicht bist,
am schönsten von allen Nardanesi ist!«

Die Stiefmutter erschrak –, aber mehr noch als die Eifersucht auf ihre Stieftochter quälte sie der Gedanke, daß nun, da Nardanesi nicht umgekommen war, ihr böser Anschlag auf deren Leben nicht verborgen bleiben würde. »Was soll ich nur tun, was soll ich nur tun?« überlegte sie und fand die ganze Nacht keine Ruhe.

In der Frühe weckte sie ihren Mann und sprach:

»Ach, lieber Mann, wo mag unsere Tochter wohl sein?
Wie mag es ihr gehen? Ich habe von ihr geträumt.
Leidet sie Hunger, leidet sie Durst?
Ich muß sie wiedersehen.
Sag mir, wo du sie verlassen hast!
Ich will sie suchen gehen!«

Seitdem der Vater seine Tochter im Gebirge ausgesetzt hatte, war er keinen Tag mehr froh gewesen. Der Arme hatte sich vor Kummer die Augen ausgeweint, war abgemagert und aller Welt spinnefeind geworden. Als sich seine Frau so besorgt um die Tochter zeigte, freute er sich sehr darüber. Er ging mir ihr ins Gebirge und zeigte ihr die Stelle, wo er das Mädchen allein gelassen hatte.

Am nächsten Morgen pflückte die Frau einen Korb voll Kirschen und vergiftete sie. Sie nahm den Korb und machte sich damit auf den Weg, den ihr Mann ihr am Vortag gewiesen hatte. Als sie in der Ferne ein Haus erblickte, dachte sie: »Sicher hat sie dort Zuflucht gesucht!« Sie ging zu diesem Haus – es war das Räuberhaus – und begann, ihre Kirschen mit lauter Stimme anzupreisen: »Kauft Kirschen! Frische reife Kirschen!«

Nardanesi hatte ihre Hausarbeit verrichtet, sich Gesicht und Hände gewaschen und saß am Fenster, um auszuruhen. Als sie das Rufen hörte, lief sie aus dem Haus und kaufte ein halbes Okka Kirschen. Sie erkannte ihre Stiefmutter nicht, denn jene hatte sich mit einem Umhang und mit Tüchern ein fremdes Aussehen gegeben und so verhüllt, daß nur ein Auge freigeblieben war.

Nardanesi setzte sich ans Fenster und wollte sich gerade die erste Kirsche in den Mund stecken, als ihre kleinen Vögel, vierzig an der Zahl, *tschiktschiktschik* zu zwitschern anfingen. Sie hingen in einem Käfig neben dem Fenster und waren dem Mädchen in seiner Einsamkeit eine liebe Unterhaltung. Sie wollten auch von den süßen Kirschen naschen. Nardanesi gab ihnen eine Kirsche nach der anderen, bis für sie selbst nicht eine einzige mehr übrig war … Plötzlich aber verstummten die Vögel einer nach dem anderen, sie starben und lagen schließlich alle vierzig tot auf dem Boden des Käfigs. Nardanesi begann bitterlich zu weinen, denn sie hatte ihre Vögel sehr liebgehabt. Als ihre Brüder am Abend heimkamen, weinte sie noch immer. Da erschraken die Brüder und riefen: »Liebe Schwester, warum weinst du?«

Nardanesi zeigte ihnen die Vögel. »Ich habe heute Kirschen gekauft und meine kleinen Vögel damit gefüttert, da sind sie alle gestorben!«

Die Brüder waren froh, daß Nardanesi gesund war. Sie trösteten sie und versprachen: »Gleich morgen gehen wir in den Wald und fangen dir neue Vögel, die schöner sind als die, welche du gehabt hast!« Und sie verboten der Schwester streng, jemals wieder an der Tür etwas zu essen zu kaufen …

Ein Monat war vergangen. Wieder war es Vollmond, und die Stiefmutter trat vor das Haus, blickte zum Himmel hinauf und fragte:

»Mond, schöner Mond, bin ich schöner als du,
bist du schöner als ich?
Wer ist am schönsten, schöner Mond, sprich!«

Und wieder antwortete der Mond:

»Nicht ich bin am schönsten, auch du es nicht bist,
am schönsten von allen Nardanesi ist!«

Da wurde die Stiefmutter zornig und dachte: »So ist sie immer noch nicht tot!« Gleich am nächsten Morgen machte sie sich erneut auf den Weg zum Räuberhaus und nahm diesmal eine Tüte mit vergiftetem *Sakız*, Kauharz, mit.

»Ich verkaufe *Sakız*, gutes *Sakız*!« rief sie. Nardanesi hörte es und dachte: »Sicher haben meine Brüder nichts dagegen, daß ich mir ein wenig *Sakız* kaufe!«

Sie trat vor das Haus und kaufte der Alten die Tüte mit dem Kauharz ab. Dann setzte sie sich ans Fenster. Sie wollte sich gerade ein Bröckchen *Sakız* in den Mund stecken, als ihre kleinen Vögel *tschiktschiktschik* zu zwitschern begannen und um ein wenig *Sakız* bettelten.

»Wartet, ich will es erst selbst probieren!« sagte Nardanesi und steckte sich ein Stück in den Mund. Sie begann zu kauen und sank auf einmal leblos zu Boden.

Wie erschraken die Brüder, als sie am Abend heimkehrten und Nardanesi regungslos am Boden fanden! Sie weinten und konnten sich nicht trösten. Weil sie es aber nicht übers Herz brachten, sie in der dunklen Erde zu begraben, ließen sie einen goldenen Sarg anfertigen. Sie betteten die Schwester hinein, und nahmen den Sarg überallhin mit.

Eines Tages begegnete ihnen der Sohn des Padischahs. Er sah, wie schwer sie an dem Sarg trugen, faßte sich ein Herz und fragte sie nach dem Grund.

»Ach«, sprachen sie und seufzten, »wir sind vierzig Brüder und hatten eine einzige Schwester, die war so schön wie der volle Mond. Nun ist sie gestorben, und wir konnten es nicht ertragen, sie zu begraben. So tragen wir sie im Sarg mit uns herum.«

»Überlaßt mir den Sarg!« bat der Prinz. »Er soll in meinem Zimmer stehen. Ich will ihn hüten wie meinen Augapfel, bis ich sterbe.«

Die vierzig Brüder spürten, wie ernst es dem Prinzen mit seinem Versprechen war, und überließen ihm den goldenen Sarg. Er stellte ihn in sein Zimmer, öffnete ihn und erblickte ein Mädchen von unbeschreiblicher Schönheit: bleich wie Wachs zwar, doch ebenso lieblich, wie es zu seinen Lebzeiten gewesen war. Die Liebe, die es in ihm weckte, raubte ihm beinahe den Verstand.

Von diesem Tage an verschloß der Prinz die Tür zu seinem Zimmer stets mit dem Schlüssel; und so fröhlich er manchen Abend hineinging, so traurig verließ er es am Morgen, und niemandem blieb verborgen, daß er geweint hatte. Auch aß und trank er kaum und wurde dünn und blaß.

Der Prinz hatte einen Lala, einen Erzieher, der sich sehr um ihn sorgte und den Grund für seinen Kummer unbedingt herausfinden wollte. Er ließ deshalb von einem Schlosser einen zweiten Schlüssel für die Tür zum Zimmer des Prinzen anfertigen, ging heimlich hinein … und erblickte ein Mädchen, schön wie der volle Mond. Totenbleich lag es im Sarg, aber der Lala, der ein alter und erfahrener Mann war, merkte gleich, daß es in Wahrheit noch am Leben war und nur aussah, als sei es tot.

Er trat nahe an den Sarg und strich der Regungslosen sanft über die Wangen. Da spürte er auf einmal etwas Hartes. Behutsam öffnete er ihren Mund, faßte hinein und holte ein Stück *Sakız* heraus. In diesem Augenblick erwachte das Mädchen mit einem lauten Niesen, schlug die Augen auf – und erschrak, als es in das Gesicht eines Fremden blickte.

»Wo bin ich?« fragte es verwirrt. »Wo sind meine Brüder? Wo sind meine kleinen Vögel?«

Das Mädchen begann zu weinen, aber da hatte der Lala das Zimmer schon verlassen und eilte zu dem jungen Prinzen, um ihm die Freudenbotschaft zu bringen. Als der Prinz in sein Zimmer kam und sah, daß seine Geliebte zum Leben erwacht war, weinte er vor Glück und konnte sich gar nicht fassen vor lauter Seligkeit. Trotzdem vergaß er die Räuber nicht. Er schickte ihnen einen schnellen Boten und lud sie ein, das wunderbare Ereignis mit ihm zu feiern.

Als der Prinz Nardanesis Geschichte erfahren hatte, ließ er zuerst ihren Vater und dann ihre Stiefmutter in den Palast holen und fragte beide aus. Den armen Vater hatte der Kummer in die schwärzeste Verzweiflung gestürzt. »Nein«, sprach er, »nein, es gibt kein Mittel, das meinen Schmerz lindern könnte!« Er erzählte, wie er seine Tochter auf dem Berg allein gelassen hatte und nun trauerte, weil sie bestimmt in der Wildnis umgekommen war.

»Aber warum habt Ihr das getan?« wollte der Prinz wissen. Da erklärte der Mann: »Ich habe meiner Tochter einmal erlaubt, auf ein Fest zu gehen, und dort ist etwas Schlimmes geschehen ... Ich konnte die Schande nicht ertragen.«

Nardanesi wurde gerufen. Sobald ihr Vater sie erblickte, lief er auf sie zu, und sie umarmten einander. Dann erzählte Nardanesi ihm, wie sich alles in Wahrheit verhielt. Sie führte ihn hinaus, bevor die Stiefmutter erschien.

Als sie eintrat, fragte der Prinz sie: »Willst du vierzig Hiebe oder vierzig Maultiere?«

Sie antwortete:

»Vierzig Beilhiebe sollen meine Feinde schlagen,
vierzig Maultiere sollen mich nach Hause tragen!«

Da gaben sie der Frau vierzig Hiebe mit dem Beil. Sie banden sie an die Schwänze von vierzig Maultieren und jagten sie ins Gebirge, wo sie zur Strafe für ihre Bosheit jämmerlich starb. Bald darauf hielten der Prinz und Nardanesi Hochzeit. Vierzig Tage und vierzig Nächte lang feierten sie ein fröhliches Fest und lebten danach in Glück und Freuden.

Ihre Wünsche alle in Erfüllung gingen.
Möge die Zukunft auch uns solches Glück bringen!

Märchen aus der Türkei

Sitt el Husn uel Gamal

Es war einmal ein reicher Mann, dem starb die Frau, und so lebte er fortan allein mit seinen beiden Kindern, einem Mädchen und einem Knaben. Das Mädchen hieß Sitt el Husn uel Gamal, was soviel bedeutet wie »Herrin der Schönheit«, und der Knabe hieß Eschatir Hasan*.

Das Mädchen war älter und klüger als der Bruder, und die beiden liebten einander sehr. Eines Tages erkrankte der Vater schwer, und als er spürte, daß sein Tod nahe war, rief er seine Tochter zu sich und sprach: »Ich werde euch bald verlassen, und so vertraue ich dir, meine Tochter, Eschatir Hasan an. Gib gut auf ihn acht, er ist noch klein!«

Als der Vater gestorben war, sorgte die Schwester gut für den Bruder und war ihm Vater und Mutter zugleich. Eines Tages setzte sie sich zu ihm und sprach: »Sag, Hasan, was würdest du tun, wenn ich dir das Vermögen unseres Vaters übergäbe?« Da jauchzte der Knabe und rief:

»Ich wurde mir eine Flöte und eine Trommel kaufen
und spielend und tanzend durch die Gassen laufen!«

Sie lachte und dachte bei sich: »Er ist noch ein Kind, die Zeit ist noch nicht gekommen!«

* »Eschatir« ist nicht Teil des Namens, sondern Anrede für einen Knaben oder jungen Mann.

Viele Tage vergingen, bis sie ihn wieder fragte: »O Hasan, lieber Bruder, was würdest du tun, wenn ich dir das Vermögen unseres Vaters übergäbe?«

Da lachte er und rief:

»Ich würde mir eine Flöte und eine Trommel kaufen
und spielend und tanzend durch die Gassen laufen!«

Sie aber dachte: »Nein, so redet kein Mann! Es ist noch immer nicht so weit, daß er erwachsen ist!«

Und wieder vergingen viele Tage, und eines Tages kam Eschatir Hasan zu seiner Schwester und sprach: »Ich will mir eine Frau suchen. Es ist Zeit, daß ich heirate und eine Familie gründe.« Da freute sich Sitt el Husn und übergab ihrem Bruder das Vermögen des Vaters, damit er darüber verfüge und es nach seinem Gutdünken verwalte. Und es dauerte nicht lange, da verliebte Eschatir Hasan sich in die Tochter des Nachbarn, der ein *fararchi* war – also einer, der Hühner aufzog und verkaufte und damit seinen Lebensunterhalt verdiente. Eschatir Hasan heiratete sie, und sie lebten zu dritt unter einem Dach und vertrugen sich gut.

Mit der Zeit aber wurde die Frau eifersüchtig auf die Schönheit der Schwägerin und auf die Liebe, welche Bruder und Schwester verband, und fühlte sich wie eine Fremde im Haus. Sie ließ sich nichts anmerken und tat freundlich und ehrerbietig gegen Sitt el Husn, doch überlegte sie insgeheim, wie sie die Schwester bei dem Bruder verleumden könnte.

Die Gelegenheit ergab sich bald, denn Sitt el Husn wurde krank und war auf die Pflege der Schwägerin angewiesen. Da heuchelte die Falsche Besorgnis und Mitleid und holte vier Taubeneier von ihrem Vater, die sollte Sitt el Husn als besonderes Heilmittel hinunterschlucken, wie es Brauch war. Die arglose Kranke dankte und tat es. Als es ihr mit der Zeit aber immer schlechter ging, begann Eschatir Hasan, sich Sorgen zu machen.

»Wer weiß«, meinte seine Frau, »vielleicht ist sie schwanger? Sie hat immer so stolz getan …«, und sie lachte schadenfroh.

Der Verdacht seiner Frau machte den Bruder ärgerlich.

»Schweig!« rief er. »Wie kannst du so übel reden!« Weil er ihre Worte aber nicht vergessen konnte, ging er schließlich zu seiner Schwester und legte seinen Kopf in ihren Schoß, wie er es früher immer getan hatte. Da spürte er, wie sich in ihrem Schoß etwas regte und sich bewegte … So hatte seine Frau recht gehabt, und Sitt el Husn war schwanger! Eschatir Hasan war außer sich vor Zorn über die Schande, welche die Schwester über ihn brachte, und glaubte ihr nicht, als sie beteuerte, unschuldig zu sein. Weil er sie aber sehr liebte, brachte er es nicht übers Herz, sie zur Strafe zu töten, doch warf er sie aus seinem Haus.

Sie wanderte und wanderte und ging von Dorf zu Dorf, bis sie in eine Stadt kam, in der ein Emir seinen Palast hatte. Müde und erschöpft lehnte sie sich an die Wand der Palastbäckerei und schlief ein. Als Diener dort vorbeikamen und die schlafende Sitt el Husn erblickten, blieben sie stehen. Sie sahen sie voller Mitleid an und bewunderten ihre Schönheit. Als sie erwachte, war sie hungrig. Sie suchte sich von dem verbrannten Brot, das die Bäcker fortgeworfen hatten, einige wenig verkohlte Stücke, kratzte sie ab und aß sie.

Sitt el Husn blieb in der Nähe des Palastes und nährte sich kümmerlich von Abfällen, bis der Emir sie eines Tages bemerkte. Da wurde er neugierig und wollte ihre Geschichte hören. Er schickte seine Diener zu ihr, ließ sie holen und fragte sie aus. Als sie ihm ihr Leben erzählte, war er gerührt und hieß sie in seinem Palast willkommen. Mit der Zeit verliebte er sich in sie, und da er wußte, daß sie an ihrer Schwangerschaft unschuldig war, nahm er sie zur Frau.

Bald nach der Hochzeit brachte Sitt el Husn vier Tauben zur Welt, und so wurde der Verdacht, daß ihre Schwägerin sie hatte verderben wollen, zur Gewißheit. Sie besprach aber mit ihrem Mann, daß sie nicht zu ihrem Bruder gehen und ihm erzählen wolle, was seine Frau ihr angetan habe, denn sie wollte ihn schonen.

Eines schönen Tages flogen die Tauben aus. Sie flogen weiter fort als je zuvor und ließen sich schließlich auf dem Haus nieder, in dem Eschatir Hasan mit seiner Frau lebte. Auf das Dach des Hauses war Weizen zum Dörren geschüttet. Die Tauben pickten die Körner auf, flogen davon und kamen immer wieder, bis die Frau Eschatir Hasans sie einmal auf dem Dach überraschte und sie fortscheuchen wollte. »Hsch, hsch, fort mit euch, ihr frechen Vögel!« rief sie, aber da sprachen die Tauben:

Der Weizen hier gehört uns wie dir,
bint el farachani.
Den Vorrat unseres Onkels verzehren wir vier,
Tochter des Hühnerzüchters!

Die Frau erschrak und erzählte ihrem Mann am Abend, was sie erlebt hatte. Da wunderte jener sich sehr und versteckte sich am nächsten Tag im Hof, um die Tauben mit eigenen Ohren zu hören. Und wie jeden Tag kamen die Tauben geflogen und begannen, die Weizenkörner aufzupicken. »Hsch, hsch!« machte die Frau, aber die Tauben ließen sich nicht vertreiben, sondern sprachen wieder:

Der Weizen hier gehört uns wie dir,
bint el farachani.
Den Vorrat unseres Onkels verzehren wir vier,
Tochter des Hühnerzüchters!

Darauf flogen sie davon. Eschatir Hasan aber ritt ihnen auf seiner Stute nach, verlor sie nicht aus den Augen und folgte ihnen bis zum Palast des Emirs. Da waren die Tauben auf einmal verschwunden, und als er suchend die Palastmauer entlangritt, bemerkte Sitt el Husn ihn von ihrem Fenster aus. Sie erkannte ihn gleich und rief ihren Mann. »Sieh den Reiter dort«, sprach sie, »es ist mein Bruder.«

Eschatir Hasan klopfte an das Tor und fragte nach den Tauben. Da führten die Diener ihn zu seiner Schwester, und er erkannte sie, wie sie ihn erkannt hatte. Er hörte ihre Geschichte mit Schmerz und Staunen und bat sie unter Tränen um Vergebung. Dann ritt er nach Hause und sagte sich von seiner Frau los. So schnell er konnte, kehrte er zu seiner Schwester zurück und lebte von nun an bei ihr in Glück und Freude.

Tuta tuta, chilsit el haduta;
helua ualla maltuta?

Tuta tuta, die Geschichte ist aus,
war sie schön oder ein Graus?

Märchen aus Ägypten

Das Kamel aus Gold

Vor vielen Jahren lebte ein König, der war sehr grausam. Er wünschte sich nur Knaben als Kinder, und wenn seine Frau ein Mädchen zur Welt brachte, befahl er, es zu töten.

Eines Tages beschloß der König, auf Reisen zu gehen. Es war zu einer Zeit, da die Königin schwanger war, und so sagte er zu seinem ältesten Sohn, der sein Thronfolger war: »Ich will auf Reisen gehen, aber die Königin ist schwanger. Wenn sie einen Sohn zur Welt bringt, sollt ihr ein großes Fest feiern. Ist es aber ein Mädchen, so mußt du es töten und sein blutiges Hemd als Zeichen vor das Stadttor hängen.«

Bald darauf brachte die Königin ein Mädchen zur Welt, und es war so schön wie die Strahlen der Sonne. Der Kronprinz wollte das Mädchen töten, wie sein Vater es befohlen hatte. Als er aber in das schöne und unschuldige Angesicht des Kindes blickte und sah, wie es lachte, brannte sein Herz vor Mitleid, und er brachte es nicht über sich, es zu töten. Statt dessen befahl er, daß dem Kind in einem der königlichen Gärten ein unterirdisches Haus gebaut werde und eine Amme es dort aufziehen solle.

Sieben Jahre lebte das Mädchen mit der Amme in jenem Haus und durfte es niemals verlassen. Dann gab ihm der Bruder einen Lehrer, der sollte es in der Kunst und in den Wissenschaften unterrichten. Und je älter das Mädchen wurde, desto schöner wurde es.

Nun zurück zum König: Er war längst von seiner Reise heimgekehrt und hatte das blutige Hemd am Stadttor hängen sehen. Da wußte er, daß seine Frau ein Mädchen geboren hatte, und war sicher, der Kronprinz habe es gemäß seinem Befehl getötet. Darüber empfand er große Freude.

Das Mädchen hatte in seinem Versteck mittlerweile viel über Kunst und Wissenschaften gelernt. Eines Tages, als seine Amme und sein Lehrer müde geworden waren und fest schliefen, verließ es heimlich das Haus und ging im Garten spazieren. Da sah es der König, als er im Hof stand. Er staunte über die Schönheit der Unbekannten und verliebte sich in sie. Als er sie anrief, erschrak sie und entfloh in ihre unterirdische Wohnung, so daß er nicht wußte, wo sie geblieben war.

Jeden Tag, sobald die Amme und der Lehrer schliefen, verließ das Mädchen sein Versteck aufs neue und spazierte durch den Garten. Jedesmal sah es der König und rief es wieder und wieder, doch es lief immer davon, um ihm aus den Augen zu sein.

Eines Tages befahl der König den Kronprinzen zu sich und fragte ihn, wer denn das unbekannte Mädchen sei, das manchmal im Garten spazierengehe, und wo es wohne. Der Kronprinz war sehr klug und verstand gleich, daß der König seine eigene Tochter gesehen hatte und in sie verliebt war. Er tat verwundert und sprach: »Ich kenne kein solches Mädchen. Solch ein Mädchen gibt es in unserem Palast nicht.« Je fester der König darauf beharrte, das Mädchen gesehen zu haben, desto entschiedener bestritt es der Kronprinz. Er bekam große Angst, sein Vater könnte herausfinden, daß jenes Mädchen seine eigene Tochter war und der Sohn seinen Befehl nicht ausgeführt hatte.

So ging er zu seiner Mutter und vertraute sich ihr an. Gemeinsam überlegten sie, was zu tun sei. Sie beschlossen, das Mädchen heimlich an einen anderen Ort bringen zu lassen, und der Kronprinz befahl, zu diesem Zweck ein großes, goldenes Kamel anfertigen zu lassen. In diesem Kunstwerk versteckten sie die Schwester mit kostbaren Juwelen und ausreichend Essen für einige Tage und schickten es als Geschenk an den Kronprinzen des Landes Rum.

Der Prinz von Rum staunte sehr über das goldene Kamel. Er ahnte nicht, was sich in dessen Bauch befand, und ließ es in seine Schatzkammer bringen. Die Schatzkammer aber lag neben seinem Eßzimmer.

Der Prinz war der einzige Sohn seiner Eltern, und sein Vater hatte ihn schon vor langer Zeit mit der Tochter seines Bruders verlobt.

Eines Tages kam der Prinz wie gewöhnlich zum Mittagessen in sein Eßzimmer. Da sah er, daß alle Speisen halb verzehrt waren, so als habe vor ihm schon ein anderer zu Tisch gesessen. Ohne nach dem Grund zu fragen, ließ er seine Diener rufen und befahl, sie auszupeitschen. Dann sprach er streng: »Ziemt es sich, einem Kronprinzen die Reste vom Mahl eines anderen vorzusetzen?« Die Diener weinten und schworen, daß keiner von ihnen das Essen angerührt habe und niemand sonst im Zimmer gewesen sei. Sie waren bestürzt und beschämt über das, was geschehen war. Der Prinz glaubte ihren Worten nicht und meinte: »Wenn niemand das Essen angerührt hat, wie kann es dann so aussehen?«

Was geschehen war, wiederholte sich mehrere Male, und so oft es geschah, mußten die Diener den Tisch neu decken. Eines Tages betrat der Kronprinz sein Eßzimmer früher als sonst. Er legte sich nieder und stellte sich schlafend. Das Mädchen entstieg dem goldenen Kamel wie jeden Mittag und ging langsam zum Tisch. Es aß, bis es satt war, und der Prinz beobachtete es dabei aus halb geöffneten Augen. Als das Mädchen in sein Versteck zurückkehren wollte, stand der Prinz auf einmal neben ihm, hielt es an der Hand fest und rief zornig: »Wer bist du und was tust du hier?« Als das Mädchen darauf den Kopf hob, um ihm zu antworten, erkannte er, wie schön es war. Der Anblick stahl ihm das Herz, und er bat es, jeden Tag zur Mittagszeit in sein Zimmer zu kommen und mit ihm zu speisen.

Der Prinz war so verliebt in das Mädchen, daß er seinen Palast nicht mehr verließ.

Die Verlobte des Prinzen war über diese Veränderung traurig und fragte jeden, warum der Prinz sie nicht mehr liebe und nicht mehr besuche und immer nur in einer Ecke seines Palastes sitze. Als die Verlobte und die ihr Nahestehenden entdeckten, daß die Schroffheit des Prinzen zu der Zeit begonnen hatte, als ihm das goldene Kamel geschenkt worden war, sprachen sie untereinander: »Es muß etwas in diesem Kamel sein …«, aber sie fanden die Lösung nicht.

Tage und Monate vergingen, bis der Prinz eines Tages beschloß, auf die Jagd zu gehen. Er befahl seinem Schatzmeister, niemanden in die Schatzkammer zu lassen, bis er zurückkomme. Kaum aber hatte der Prinz den Palast verlassen, gingen seine Verlobte und deren Mutter mit einigen ihrer Diener hinein. Sie gingen zum Schatzmeister und gaben vor, ihn besuchen zu wollen. Der Schatzmeister war ein vertrauensseliger Mensch und glaubte ihnen. Sie redeten und redeten und klagten, daß sie sich langweilten, bis einer von ihnen meinte: »Der beste Zeitvertreib wäre, wir würden einander Märchen erzählen.« Alle gaben ihm recht, und die Verlobte des Prinzen begann. Sie erzählte ein Märchen und noch eines und noch eines, bis der Schatzmeister in tiefen Schlaf fiel. Da zog ihm einer der Diener auf Befehl der Verlobten die Schlüssel aus der Tasche und schloß die Tür zur Schatzkammer auf. Dann machten sie sich gemeinsam daran, das goldene Kamel ins Freie zu bringen. Sie zündeten ein großes Feuer an und stellten das Kamel hinein. Das Gold erhitzte sich und wurde schnell so heiß, daß es das Mädchen nicht länger in seinem Versteck aushielt und herauskam. Alle sahen das schöne Mädchen und wußten nun, warum der Prinz seine Verlobte vernachlässigt hatte. Sie stürzten sich auf das Mädchen und schlugen so lange auf es ein, bis es sich nicht mehr regte. Dann warfen sie es in eine Ecke das Gartens, und da lag es nun und weinte vor Schmerzen und Leid. Als einer der Gärtner zufällig dorthin kam und es fand, wurde er traurig und hatte großes Mitleid mit ihm. Er nahm das Mädchen mit zu sich nach Hause, und seine Frau nahm sich seiner an und pflegte es mit so viel Liebe, daß es bald wieder ganz gesund war.

Zurück zu den anderen: Die Diener der Verlobten nahmen das Kamel aus dem Feuer und brachten es wieder in die Schatzkammer. Dann sperrten sie die Tür zu und steckten dem Schatzmeister, der immer noch fest schlief, die Schlüssel in die Tasche zurück.

Als der Sohn des Königs von der Jagd heimkehrte, ging er geradewegs in sein Zimmer und schloß die Tür zur Schatzkammer auf. Das goldene Kamel stand an seinem Platz, aber das Mädchen war nicht darin. Der Prinz war bestürzt. Wo mochte das Mädchen sein? Je länger er überlegte, desto weniger konnte er begreifen, wie das Mädchen die verschlossene Kammer hatte verlassen können.

Die Tage vergingen, aber das Mädchen blieb verschwunden. Die Trennung von ihm bereitete dem Prinzen großen Schmerz, und er wurde krank. Als der König von der Krankheit erfuhr, befahl er erfahrenen Ärzten, seinen Sohn zu heilen. Sie fanden jedoch nicht heraus, woran er litt, und ihre Behandlung zeigte keinen Erfolg. Von Tag zu Tag ging es dem Kronprinzen schlechter, er wurde blasser und schwächer. Da ließ der König eines Tages in der Stadt bekanntgeben, daß derjenige, dem es gelinge, seinen Sohn zu heilen, die Königskrone und die Hälfte seines Reiches bekommen solle; wenn aber einer behaupte, er vermöchte es und könne es nicht, so müsse er sterben.

Als dem Mädchen die Nachricht zu Ohren kam, sagte es zu dem Gärtner: »Geh zum König und sag ihm, du könntest den Prinzen heilen.« Der Gärtner wollte es nicht tun und sprach: »Niemals gehe ich dorthin, denn ich bin kein Arzt, und der König wird mich töten.« Aber das Mädchen sagte: »Ich weiß, daß er nicht wirklich krank ist. Sobald er meinen Ring sieht, wird er gesund.« Es zog seinen Ring vom Finger, gab ihn dem Gärtner und sprach: »So geh nun zum König und sage: ›Ich werde Euren Sohn heilen.‹ Wenn sie dich zum Prinzen führen, verlange eine Schale mit Wasser. Wirf den Ring hinein und gib dem Prinzen die Schale, damit er daraus trinkt!«

Der Gärtner führte alles genauso aus. Als der Kronprinz die Schale nahm, erblickte er den Ring und erkannte ihn. Er fragte den Gärtner, woher er den Ring habe, und der nannte das Mädchen. Er erzählte dessen traurige Geschichte und sprach: »Es ist aber wieder ganz gesund und lebt in meinem Haus!«

Der Kronprinz freute sich sehr über diese Nachricht und fühlte sich so glücklich, als habe er niemals ein Leid erlitten. Es ging ihm zusehends besser, und er befahl dem Gärtner, das Mädchen zu holen.

Als der König von der Heilung seines Sohnes erfuhr, war er von Herzen froh und befahl, ein großes Fest zu feiern. Er übergab dem Gärtner seine Krone und die Hälfte seines Besitzes, aber der Gärtner nahm die Krone nicht an, sondern setzte sie dem Prinzen auf.

Der Kronprinz heiratete das Mädchen, das in Wahrheit eine Prinzessin war. Sieben Tage und sieben Nächte dauerte ihr Hochzeitsfest, und die ganze Stadt feierte mit.

Märchen aus dem Iran

Aischa Rmada

Es war einmal ein kleines Mädchen, das war sehr hübsch und überaus freundlich und hieß Aischa. Seine Eltern schickten es jeden Tag zu einer Lehrerin, damit es lerne, Wolle zu spinnen. Aischa war geschickt und fleißig und arbeitete gut. Die Zeit verging, da starb die Mutter.

Die Lehrerin war falsch und durchtrieben und versuchte bald, den Einfluß auszunutzen, den sie auf die Kleine hatte. Eines Tages sprach sie zu ihr: »Sag deinem Vater, er kann nicht für immer Witwer bleiben. Er braucht wieder eine erfahrene Frau, die ihm den Haushalt führt und sich um dich kümmert. Ich bin eine erfahrene Frau, und ich habe dich sehr lieb, kleine Aischa. Frag ihn, ob er mich heiraten will!«

»Ja, gern!« sagte Aischa – aber eher aus Schüchternheit als aus Überzeugung – und erklärte ihrem Vater noch am selben Abend, daß sie glücklich wäre, wenn er ihre Lehrerin – diese Heuchlerin! – heiraten würde.

»Ich werde sie heiraten«, versprach der Vater, »aber erst, wenn du groß bist und die beiden Türflügel mit dem Riegel zusperren kannst.«

Als die schlaue Lehrerin diese Antwort hörte, dachte sie bei sich: »Man muß ihn beim Wort nehmen!« Sie gab Aischa den Rat, einige Kissen aufeinanderzulegen und daraufzusteigen, um so den Türriegel zu erreichen. Aischa tat es, und der Vater hielt Hochzeit.

Die neue Frau hatte eine Tochter aus einer früheren Ehe, aber Aischa war viel hübscher. Sie war das hübscheste Mädchen in der ganzen Stadt und die begehrteste unter den heiratsfähigen Töchtern. Deshalb wurde die Stiefmutter eifersüchtig und behandelte sie schlecht, sobald der Vater es nicht sah. Ihr Haß auf die Stieftochter wurde mit jedem Tag größer, denn die Brautwerberinnen, die ins Haus kamen, um Hochzeiten zu arrangieren, hatten nur Augen für die schöne Aischa und beachteten die andere Tochter überhaupt nicht. Die Stiefmutter wurde darüber so wütend, daß sie Wasser in den Aschenkasten schüttete und das schöne Gesicht Aischas mit dem schmutzigen Brei häßlich machte. Da war aus der schönen Aischa eine Aischa Rmada, eine Aschen-Aischa, geworden.

Gott aber, welcher der Vater aller Waisen ist, vergißt keines seiner Geschöpfe. Eine Dschinna bekam Mitleid mit dem Mädchen und wollte ihm beistehen.

An jenem Tag brauchte der Sultan Spinnerinnen und schickte eine alte Frau in die Stadt, die sollte welche suchen. Als die Alte zu dem Haus kam, in dem Aischa Rmada wohnte, versteckte die Stiefmutter die Stieftochter, zog ihrer eigenen Tochter die allerschönsten Kleider an und ging mit ihr in den Sultanspalast. Vorher aber hatte sie dem armen Waisenkind befohlen, das Haus zu putzen, den Fußboden zu wischen, die Zimmer aufzuräumen und das Essen zu kochen.

Kaum waren Stiefmutter und Stiefschwester ausgegangen, eilte die Dschinna aus der fernsten Ferne herbei. Sie hatte Aischa liebgewonnen und beschloß, die schwere Arbeit für sie zu tun. In einem einzigen Augenblick hatte sie alles fertig. Dann stellte sie sich neben das Mädchen, lächelte es freundlich an und strich ihm über das weiche Haar. Sie trocknete die Tränen, die ihm aus den Augen rannen, welche schön wie die Augen der Gazelle waren, und wusch die schmutzige Asche ab, die seine zarten Gesichtszüge verbarg. Sie kleidete es in herrliche Gewänder, wie sie Königen und Söhnen von Königen würdig gewesen wären, und ließ es in die allerliebsten goldenen Pantöffelchen schlüpfen, die Frauen jemals an den Füßen getragen hatten. Dann zeigte sie ihm den Weg zum Palast und führte es in den Saal, in dem die Spinnerinnen saßen und spannen.

Die Stiefschwester bemerkte Aischa. Sie vermeinte, Aschen-Aischa zu erkennen, und sagte es der Mutter.

»Wo denkst du hin?« rief die Stiefmutter. »Das ist ganz und gar unmöglich! Unsere schmutzige, zerlumpte Aischa Rmada sitzt zu Hause! Außerdem bleibt ihr vor lauter Arbeit gar keine Zeit, um hierherzukommen!« Und sie verfluchte das Mädchen: »*Kiitba ua chli darha!* Mögen Feuer und Leid über ihr Haus kommen!«

Aischa aber spann flinker und feiner als irgendeine, und alle bewunderten ihre Geschicklichkeit ebenso wie ihre Schönheit. Sie war mit ihrer Arbeit früher fertig als die anderen Spinnerinnen und ging als erste fort. Sie mußte ja vor der Stiefmutter zu Hause sein und wieder ihre alten Kleider anziehen und sich das Gesicht mit Asche schwärzen ... In ihrer Eile verlor sie aber einen ihrer goldenen Pantoffeln; er fiel in ein Wasserbecken und verstopfte das Rohr, durch welches das Wasser in das Becken strömte. Da wurden Handwerker gerufen, die sollten das Wasser wieder zum Fließen bringen. Sie kamen und fanden den reizenden kleinen Pantoffel. Er war so hübsch, dieser kleine goldene Pantoffel, daß sie ihn dem Sohn des Sultans brachten, um ihn zu erfreuen. Kaum aber hatte der Prinz ihn erblickt, verliebte er sich auf das Heftigste in die Unbekannte, die ihn getragen hatte, und erklärte, er wolle sie um jeden Preis heiraten, sie und keine andere!

Eine alte Frau wurde beauftragt, in der Stadt herumzugehen und jedem Mädchen den Pantoffel anzuprobieren. Schon hatte sie den größten Teil der Medina, des Altstadtviertels, durchstreift, aber noch immer hatte sie den hübschen kleinen Fuß nicht gefunden, der zierlich genug gewesen wäre, um in das Pantöffelchen zu schlüpfen. Schließlich kam sie zu dem Haus, wo Aischa Rmada wohnte, und klopfte an die Tür. Die Stiefmutter hatte die Alte kommen sehen. Sie wußte, aus welchem Grund sie unterwegs war. Schnell beschloß sie, Aischa zu verstecken, und rollte sie in eine Matte aus Weidengeflecht ein. Die legte sie dann auf dem Dach nicht weit von der Tür nieder, durch welche man hinaufgelangt.

Die Alte trat ein und ließ Aischas Stiefschwester den Pantoffel probieren. Sie sah, daß er ihr nicht paßte, und fragte, ob es noch ein anderes Mädchen im Haus gebe.

»Nein«, antwortete die Stiefmutter.

Da verabschiedete sich die Alte und ging weiter. Als sie die Gasse gerade verlassen wollte, begegnete ihr eine unbekannte Frau, grüßte freundlich und sprach: »In dem Haus, in dem du zuletzt warst, gibt es doch noch ein anderes Mädchen. Sie haben es vor dir auf dem Dach in der Nähe der Tür versteckt. Du mußt umkehren und auch ihm den goldenen Pantoffel anziehen, wenn du den königlichen Auftrag erfüllen willst!«

Die Frau war keine andere als die Dschinna, die Beschützerin der armen Aischa.

Die Stimme der Fremden klang so sicher, so überzeugend, daß die Alte sich der Aufforderung nicht entziehen konnte. Sie machte auf der Stelle kehrt und besuchte das Haus noch einmal, das sie gerade verlassen hatte. Als sie das Dach betrat, fand sie dort nicht die kleinste Spur von einem jungen Mädchen, wohl aber eine alte geflochtene Matte, die aufgerollt in einer Ecke lag. Da ärgerte sie sich über die Fremde, die sie dazu verleitet hatte, umzukehren. Sie wollte das Dach gerade brummend verlassen, als ihr der Gedanke kam, doch einmal nachzusehen, was in der Matte steckte. Sie rollte sie auf -, und zum großen Ärger der Stiefmutter und der Stiefschwester kam Aischa zum Vorschein. Die beiden ärgerten sich aber noch mehr, als die Alte feststellte, daß der Pantoffel dem schönen Waisenkind wie angegossen paßte …

Da wurde Aischa Rmada sogleich zum Palast geführt und mit dem Prinzen vermählt.

Märchen aus Marokko

Die beiden Waisenkinder

Ein Mann und eine Frau hatten zwei Kinder, einen Sohn und eine Tochter, und die Frau besaß eine Kuh. Als die Frau eines Tages spürte, daß sie sterben mußte, sagte sie zu ihrem Mann: »Ich verbiete dir, die Kuh zu verkaufen. Sie gehört den Kindern.«

»Hab keine Angst, ich werde sie niemals verkaufen«, antwortete der Mann.

Der Mann heiratete wieder, und die neue Frau gab den beiden Waisenkindern schlechtes Essen und sparte die besten Bissen für ihre eigenen Kinder auf. Da führten die unglücklichen Waisen ihre Kuh auf die Weide und tranken von deren Milch, so daß sie bald wieder zu Kräften kamen; die Kinder der Stiefmutter aber blieben mager und blaß. Deshalb sagte jene eines Tages zu ihren Kindern: »Geht den beiden nach, und wenn ihr seht, was sie essen, eßt auch davon!«

Als die Waisenkinder auf die Weide kamen, ließ die Kuh sie von ihrer Milch trinken, bis sie satt waren. Da kamen die Kinder der Stiefmutter und wollten auch trinken, aber die Kuh schlug aus, und das Mädchen verlor sein Augenlicht. Weinend lief es ins Dorf zurück und sagte zu seiner Mutter: »O Mutter, die Kuh ist schuld; sie hat mich blind gemacht.« Da haßte die Mutter die Kuh und verlangte von ihrem Mann, er solle sie verkaufen.

»Nein«, sagte der Mann, »das darf ich nicht. Als meine erste Frau starb, hat sie es mir verboten und gesagt: ›Hüte dich, die Kuh meiner Kinder zu verkaufen‹, und ich habe ihr versprochen, es nicht zu tun!«

»Gut«, sagte die zweite Frau, »wenn du das nicht tun willst, verlasse ich dein Haus.«

Da gab der Mann nach und sagte: »Morgen bringe ich die Kuh auf den Markt und verkaufe sie.«

Am nächsten Tag machte er sich mit der Kuh auf den Weg zum Markt. Sie waren noch nicht weit gegangen, da erschien ein Engel und sprach zu ihm: »Verkaufe die Kuh der beiden Waisen nicht!«

Der Mann blieb bis zum Abend auf dem Markt, aber er fand keinen Käufer für die Kuh und mußte sie wieder mit zurücknehmen. Als seine Frau die Kuh sah, schrie sie ihn an: »Warum hast du sie nicht verkauft? Noch heute abend kehre ich in das Haus meiner Eltern zurück, weil du dich weigerst, die Kuh zu verkaufen, durch die meine Tochter blind geworden ist!«

»So Gott will, werde ich sie morgen verkaufen«, antwortete der Mann. Am nächsten Tag fand er einen Käufer und kam allein vom Markt zurück.

Da gingen die beiden Waisenkinder zum Grab ihrer Mutter. Sie weinten bitterlich und erzählten ihr, was geschehen war. Die Mutter tröstete sie und sprach: »Ach meine armen Kinder, geht zum Schlachter und bittet ihn, er möge euch die Eingeweide eurer Kuh geben! Dann kommt und leert sie auf meinem Grab aus!«

Der Schlachter gab den Kindern die Eingeweide, und sie leerten sie über dem Grab der Mutter aus. Da wuchsen zwei Brüste daraus hervor, und die eine gab ihnen Butter und die andere Honig, so daß sie niemals Hunger litten und prächtig gediehen.

Die Stiefmutter aber wunderte sich: »Wovon nur mögen sie sich ernähren, daß sie so gesund und rund und rosig aussehen?« Sie rief ihre Kinder und hieß sie den Waisenkindern nachgehen, um es herauszufinden.

Da folgten die beiden den Waisen und kamen zum Grab der Mutter. Sie sahen die Kinder an den Brüsten saugen, traten hinzu und sagten: »Jetzt wollen wir trinken, geht beiseite!« Sie fingen an zu saugen, aber da floß aus einer Brust Eiter und aus der anderen Teer. Sie liefen zu ihrer Mutter zurück und erzählten: »Wir haben getrunken, aber für uns flossen Eiter und Teer aus den Brüsten statt Butter und Honig!« Da wurde die Mutter zornig und rief: »Ich werde die Brüste zerstückeln und weit von hier verstreuen!« Und am nächsten Tag ging sie hin und zerstückelte die Brüste, ging an einen fernen Ort und warf sie fort.

Da kamen die armen Waisen wieder zum Grab der Mutter und weinten, aber die Mutter sprach: »Meine armen Kleinen, ich kann euch nicht mehr helfen. Geht und versucht, durch Betteln euer Leben zu fristen!«

Am nächsten Tag verließen die Kinder ihre Heimat und wanderten in die Welt. Eines Tages kamen sie zum Palast eines Sultans. Sie klopften an und baten: »Nehmt uns auf und laßt uns als Eure Diener bei Euch bleiben!« Der Sultan nahm sie freundlich bei sich auf, und sie blieben bei ihm. Als das Mädchen groß geworden war, da war es auch so schön geworden, daß der Sultan es heiratete. Der Bruder aber nahm später die Stelle des Sultans ein.

Märchen der Kabylen aus Algerien

Die Nachtigall aus dem Blumenstrauch

Lang ist die Nacht, Kinder,
und der Derwisch ist wach …

Es waren einmal eine Frau und ihr Mann, die liebten einander und vertrugen sich gut. Sie hatten einen Sohn und eine Tochter, und der Sohn war eine Stillzeit – ein Jahr – älter als das Mädchen.

Als die Kinder sieben und acht Jahre alt waren, starb die Mutter. Der Vater und die Kinder waren traurig, aber was konnten sie tun? Das Schicksal hält viel dergleichen bereit.

Der siebente Tag und der vierzigste Tag und das erste Jahr nach dem Tod der Mutter vergingen. Der Vater brauchte Hilfe bei der Pflege seiner Kinder und nahm wieder eine Frau. Die neue Frau richtete sich in dem Haus ein und nahm es nach und nach in Besitz. Schließlich unterstand alles ihrer Gewalt, und es geschah nur, was sie wollte. Der Mann machte seinen Mund nicht gegen sie auf, um zu sagen: »Was willst du? Was machst du? Was du da tust, ist nicht richtig!« Die neue Frau säte Zwietracht zwischen die Kinder und den Vater, und bald verging kein Abend mehr, ohne daß sie unter irgendeinem Vorwand Streit begann.

Da wehrte sich der Vater endlich und sagte: »Wie lange noch willst du uns den Alltag bitter machen und nicht zulassen, daß süßes Wasser unsere Kehlen hinunterrinnt? Tag und Nacht arbeite ich hart in den Gärten. Ich laufe herum, bis mir die Füße brennen, um ein Stück Brot zu verdienen und es gemeinsam mit euch in Freude zu essen. Aber du vergällst uns die Freude, und das Brot wird Gift in unserem Mund.«

Darauf sagte die Frau: »Hör auf zu schreien! Solange Erde und Himmel bestehen, wird für dich kein Abend anders sein! Wenn du in deinem Haus in Freude und nicht in Streit leben willst, mußt du deinen Sohn aus dem Weg schaffen und töten.«

»Das kann ich nicht!« sagte der Mann. »Wie kann ich so etwas tun?«

Die Frau aber sagte: »Du wirst es sehr wohl tun können, ich bringe es dir bei!« Und als der Vater eines Tages mit dem Sohn zum Brennholzholen in den Garten gehen wollte, sagte die Frau zu ihm: »Dein Sohn und du, ihr beide werdet heute um die Wette Holz sammeln. Und wer bis zum Sonnenuntergang das meiste Holz gesammelt hat, der wird dem anderen den Kopf abschlagen!«

Der Vater war einverstanden. Der Sohn schwieg dazu. Was hätte er auch sagen sollen? So oder so hätte er zustimmen müssen!

Die Frau sagte dem Mann heimlich, wie er sich verhalten sollte. Sie machte den Brotsack fertig und schickte Vater und Sohn in den Garten.

Die beiden begannen, Brennholz zu sammeln. Bei Sonnenuntergang sagte der Vater zu seinem Sohn: »Bring dein Bündel her, wir wollen gehen!« Als der Sohn es ihm brachte, sah der Vater, daß es größer war als das seine. Er tat aber, als merke er es nicht, und sagte zu seinem Sohn: »Ich habe großen Durst. Nimm diesen Krug und hole mir Wasser aus der Quelle, die in dem Garten nahe bei unserem Haus fließt!«

Der Sohn gehorchte. Da nahm der treulose Vater einen Teil von dem Brennholz seines Sohnes und legte es zu seinem, so daß sein Bündel größer als das des Sohnes wurde.

Als der Sohn das Wasser brachte, sagte der Vater: »Nun komm, wir wollen sehen, wer mehr Brennholz gesammelt hat!«

Und sie sahen, daß die Menge des Vaters größer war.

Da tötete der schlechte Mensch seinen Sohn und trug dessen Kopf in einem Tuch nach Hause. Er zeigte ihn seiner Frau. Die Frau sprach kein Wort. Sie nahm den Kopf, tat ihn in einen Topf und bereitete das Mittagessen.

Am Mittag, als die Tochter aus der Schule kam, sagte sie zu der Stiefmutter: »Gib mir mein Mittagessen! Ich will essen und danach wieder in die Schule gehen.«

Die Stiefmutter sagte zu dem Mädchen: »Die Töpfe stehen in der Küche auf dem Feuer. Geh und nimm dir selbst!«

Als die Tochter den Deckel von dem ersten Topf nahm, erschrak sie, denn sie erkannte die Haarlocken ihres Bruders. Sie legte den Deckel auf den Topf zurück, lief weinend in die Schule und erzählte alles dem Mollabaschi, dem Lehrer.

Der Mollabaschi tröstete sie und sprach: »Stiefmütter haben viel dergleichen in der Welt getan. Sei nicht traurig, der Rauch dieses Feuers wird ihr selbst in die Augen steigen! Doch du iß von dem Fleisch nicht! Sammle die Knochen und begrabe sie in Richtung Mekka unter einem Blumenstrauch! Gieße jeden Abend Quellwasser und Rosenwasser auf das Grab, dann sprich das Totengebet und sorge dich nicht weiter!«

Das Mädchen hatte den Worten des Lehrers aufmerksam zugehört und tat, wie er gesagt hatte. Jeden Abend zündete es eine kleine Lampe an und ging zu dem Blumenstrauch. Es goß Quell- und Rosenwasser über das Grab und sprach danach das Totengebet. Als es sich in der vierzigsten Nacht auf den Heimweg machte, dämmerte schon der Morgen herauf. Auf einmal erhob sich ein starker Wind. Der Himmel wurde hell, und im Blumenstrauch sprang eine Nachtigall. Sie setzte sich auf einen Ast und begann zu singen:

Rastlos streif ich umher als Nachtigall
und fliege über Berg und Tal.
Mein Vater schlug mir ab den Kopf.

Meine Stiefmutter kochte mich im Topf.
Meine Schwester sammelte die Knöchelein auf
und begrub sie unter dem Blumenstrauch.
Mit Rosenwasser begoß sie mein Grab,
in dem ich vierzig Tage lag.

So sang der Vogel und flog davon. Das Mädchen blieb staunend zurück.

Der Vogel aber flog zu einem Nägelmacher und begann wieder zu singen:

Rastlos streif ich umher als Nachtigall
und fliege über Berg und Tal.
Mein Vater schlug mir ab den Kopf.
Meine Stiefmutter kochte mich im Topf.
Meine Schwester sammelte die Knöchelein auf
und begrub sie unter dem Blumenstrauch.
Mit Rosenwasser begoß sie mein Grab,
in dem ich vierzig Tage lag.

Der Nägelmacher sagte: »Wie schön, wie schön singst du, Nachtigall! Ich bitte dich bei Gott, singe noch einmal!«

»Gib mir ein paar Nägel«, antwortete der Vogel, »dann werde ich es tun!«

Der Nägelmacher gab die Nägel, und der Vogel sang das Lied noch einmal. Dann flog er zum Laden eines Nadelverkäufers und sang dort dasselbe Lied.

Der Nadelverkäufer sagte: »Wie schön du singst, Nachtigall! Sing noch einmal für mich!«

»Wenn du mir ein paar Nadeln gibst«, antwortete der Vogel, »will ich noch einmal für dich singen.«

Der Nadelmacher gab dem Vogel die Nadeln, und der Vogel sang für ihn. Dann flog er zu einem Zuckerbäcker und sang dort von neuem sein Lied. »Dein Lied gefällt mir, Nachtigall«, sagte der Zuckerbäcker, »sing es noch einmal!«

»Gib mir süßen Kandiszucker, und ich singe für dich.« Der Zuckerbäcker tat es, der Vogel sang sein Lied und flog weiter zum Haus des treulosen Vaters. Er setzte sich auf die Mauer und begann zu singen:

Rastlos streif ich umher als Nachtigall
und fliege über Berg und Tal.
Mein Vater schlug mir ab den Kopf.
Meine Stiefmutter kochte mich im Topf.
Meine Schwester sammelte die Knöchelein auf
und begrub sie unter dem Blumenstrauch.
Mit Rosenwasser begoß sie mein Grab,
in dem ich vierzig Tage lag.

Der Mann wurde schreckensbleich und sagte: »Was singst du da, Nachtigall? Sing es noch einmal, Nachtigall!«

»Wenn ich noch einmal singen soll«, antwortete der Vogel, »so schließe deine Augen und öffne deinen Mund!«

Als der Mann es tat, warf der Vogel ihm die Nägel in den weit geöffneten Mund. Die spitzen Nägel blieben ihm im Hals stecken und erstickten ihn. Darauf flog der Vogel in das Zimmer der Frau und sang:

Rastlos streif ich umher als Nachtigall
und fliege über Berg und Tal.
Mein Vater schlug mir ab den Kopf.
Meine Stiefmutter kochte mich im Topf.
Meine Schwester sammelte die Knöchelein auf
und begrub sie unter dem Blumenstrauch.
Mit Rosenwasser begoß sie mein Grab,
in dem ich vierzig Tage lag.

Da sagte die Frau: »Was ist das für ein seltsames Lied, das du singst, Nachtigall? Sing es noch einmal, damit ich es verstehe!«

»Wenn ich noch einmal singen soll«, antwortete der Vogel, »so öffne deinen Mund und schließe deine Augen!«

Kaum hatte die Frau es getan, warf ihr der Vogel die Nadeln in den Mund. Da konnte sie nicht mehr atmen und starb.

Der Vogel flog zurück zum Blumenstrauch, wo die Schwester an ihrem Spinnrad saß und spann, und sang nun sein Lied für sie:

Rastlos streif ich umher als Nachtigall
und fliege über Berg und Tal.
Mein Vater schlug mir ab den Kopf.
Meine Stiefmutter kochte mich im Topf.
Meine Schwester sammelte die Knöchelein auf
und begrub sie unter dem Blumenstrauch.
Mit Rosenwasser begoß sie mein Grab,
in dem ich vierzig Tage lag.

»Wie schön du singst, Nachtigall!« sagte das Mädchen.

»Dein Lied erquickt mein Herz und gibt ihm neue Kraft. Sing noch einmal!«

Da sagte der Vogel: »Öffne erst deinen Mund!«

Das Mädchen öffnete seinen Mund, und der Vogel legte ihm den Zuckerkandis hinein. Dann setzte er sich auf einen Ast im Blumenstrauch und sang:

Rastlos streif ich umher als Nachtigall
und fliege über Berg und Tal.
Mein Vater schlug mir ab den Kopf.
Meine Stiefmutter kochte mich im Topf.
Meine Schwester sammelte die Knöchelein auf
und begrub sie unter dem Blumenstrauch.

Mit Rosenwasser begoß sie mein Grab,
in dem ich vierzig Tage lag.
Als Nachtigall bin ich von neuem am Leben –
von Blumen umgeben.

Unser Märchen hat damit ein Ende genommen, doch der Rabe ist im Nest noch nicht angekommen …

Märchen aus dem Iran

Das Töpfchen

In alter Zeit, die längst vorbei,
als das Sieb lag drinnen in der Spreu,
als die Kamele als Ausrufer gingen
und Flöhe als Lastträger sich taten verdingen,
ließ ich meinen Vater in der Wiege
knirrend, knarrend schwingen …
Mein Vater fiel aus der Wiege heraus,
meine Mutter jagte mich aus dem Haus,
griff nach der Feuerzange, o Graus,
stürzte hinter mir her über die Schwelle hinaus,
fiel hin, stand auf –
Lauf doch weg, lauf, lauf!
Lauf doch weg, so schnell du kannst!
Du an meiner Stelle, wärst du nicht durchgebrannt?
Ich lief und lief über Stock und Stein, durch Wald und Feld,
um die halbe Welt …
lief einen Herbst und ein halbes Jahr durch Feld und Wald,
dann machte ich halt und blickte zurück:
Da war der Weg, der hinter mir lag,
nur ein gerstenkornkurzes Stück!

Es war einmal, es war keinmal,
Gottes Diener waren damals viel an Zahl,
und viel zu reden für viele eine Sünde war!

In jenen alten Zeiten lebte irgendwo in einer kleinen Stadt eine arme Frau mit ihrer einzigen Tochter. Die Mutter spann des Nachts Garn, und die Tochter trug das Garn am Morgen auf den Markt und verkaufte es, und auf diese Weise verdienten die beiden ihren Lebensunterhalt.

Einmal hatte die Mutter wieder Garn gesponnen und ihre Tochter damit zum Markt geschickt. Die Tochter hatte das Garn bald für gutes Geld verkauft, doch anstatt Brot dafür einzukaufen, wie die Mutter es ihr aufgetragen hatte, gab sie es für ein allerliebstes Töpfchen aus, weil ihr das Töpfchen über die Maßen gefiel.

Als die Tochter nichts als den kleinen Topf heimbrachte, wurde die Mutter zornig, denn es gab keinen Bissen Brot mehr im Haus. Was tat sie also? Als erstes verabreichte sie dem leichtsinnigen Mädchen eine gehörige Tracht Prügel, und dann warf sie das hübsche Töpfchen auf die Straße hinaus. An diesem Abend mußten die beiden hungrig zu Bett gehen.

Am anderen Tag kehrte eine Hebamme in aller Frühe von einer Wöchnerin zurück und fand das hübsche Töpfchen auf der Straße. Sie hob es auf und nahm es mit nach Hause. Sie wusch es gründlich aus, legte gefüllte Weinblätter hinein und stellte das Töpfchen aufs Feuer. Als es endlich so weit war, daß sie sich zum Essen hinsetzen konnte, klopfte es, und sie wurde zu einer dringenden Geburt gerufen. »Ich werd' essen, wenn ich wiederkomme«, dachte die Hebamme bei sich, ließ den Topf mit dem Essen stehen und verließ eilig das Haus. Was aber tut das Töpfchen? Das Töpfchen, nicht faul, macht einen Satz, springt zum Fenster hinaus und läuft klipper klapper zum Haus des Mädchens zurück. Es klopft an die Tür. Fragt das Mädchen: »Wer klopft an die Tür?«

»Das Töpfchen.«

»Was bringt es mir?«

»Etwas zu essen, es wird dir schmecken!«

Schnell öffnet das Mädchen die Tür und läßt das Töpfchen ein. Sie nimmt das Essen heraus und schickt das Töpfchen wieder hinaus. Dann setzen Mutter und Tochter sich auf Kissen und Decken und lassen sich's schmecken.

Am nächsten Tag ist die Gemahlin des Sultans gerade auf dem Weg in den Hammam, als sie auf einmal ein allerliebstes

Töpfchen auf der Straße liegen sieht. »Was für ein hübscher Topf! Heb ihn geschwind auf!« sagt sie zu ihrer Kinderfrau. Die Kinderfrau hebt das Töpfchen auf, und sie nehmen es mit ins Bad. Als die Sultana ihre Kleider und ihren Schmuck ablegt, verwahrt sie ihre kostbaren Perlen und Diamanten in dem hübschen Töpfchen. Sie vertraut es ihrer Kinderfrau an, die soll gut darauf achtgeben!

Die alte Frau nimmt das Töpfchen auf den Schoß, legt beide Arme darum und hält es gut fest. Kaum nickt sie einmal kurz ein, hüpft das Töpfchen, *hopp,* von ihrem Schoß herunter und läuft klipper klapper zum Haus des Mädchens zurück. Es klopft leise an die Tür.

Fragt das Mädchen: »Wer pocht an die Tür?«

»Das Töpfchen.«

»Was bringt es mir?«

»Etwas zum Schmücken, es wird dich entzücken!«

Das Mädchen läßt das Töpfchen herein und freut sich über die Perlen und Diamanten. Sie nimmt den schimmernden, flimmernden Schmuck heraus und legt ihn an, das Töpfchen aber läßt sie wieder hinaus.

Klipper klapper läuft das Töpfchen die Straße hinunter, da sieht es der junge Schehzade, der in Begleitung seines alten Lala - das ist sein vertrauter Ratgeber und Erzieher - gleichfalls auf dem Weg in den Hammam ist. »Was für ein hübscher Topf! Wir wollen ihn mitnehmen!« ruft er aus, und der Lala hebt den Topf auf, und sie nehmen ihn mit ins Bad. Dort läßt der Prinz sich waschen und massieren und rasieren und parfümieren, doch kaum hat er seine Kleider wieder angelegt, da, *hopp,* packt ihn das Töpfchen und läuft klipper klapper zum Haus des Mädchens zurück. Klipp klapp schlägt es an die Tür.

Fragt das Mädchen: »Wer klopft an die Tür?«

»Das Töpfchen.«

»Was bringt es mir?«

»Einen schönen Mann, einen Bräutigam!«

Schnell läßt das Mädchen das Töpfchen ein, und als sie den Deckel abnimmt, steigt ein Prinz heraus, der ist schön wie der Mond in der vierzehnten Nacht. Als der Prinz das Mädchen erblickt, das nicht weniger schön ist als er, schön wie der volle Mond und dazu noch mit Perlen und Diamanten geschmückt, die wie die Sterne am Himmel funkeln, verliebt er sich heftig in sie und fragt: »Willst du meine Frau werden?« Da sagt das Mädchen mit Freuden ja, und sie feiern eine Hochzeit, die vierzig Tage und vierzig Nächte dauert. Danach lebten sie in Glück und Freuden, und das Töpfchen erhielt einen Ehrenplatz im Palast und wurde nie mehr auf die Straße geschickt.

Ihre Wünsche alle in Erfüllung gingen. Möge die Zukunft auch uns solches Glück bringen!

Märchen aus der Türkei

Die Tochter der Nachbarin

B*ir varmış, bir yokmuş, evvel zaman içinde …* Es war einmal, es war keinmal in alter Zeit, da lebte eine arme Frau, die hatte eine erwachsene Tochter mit Namen Derije. Mutter und Tochter besaßen nichts, wovon sie hätten leben können, und deshalb verrichtete das Mädchen bei den Nachbarn allerlei Dienste. Sobald sie zehn, zwanzig Para verdient hatte, kaufte sie Brot für sich und ihre Mutter, und die beiden konnten sich satt essen.

Einmal hatte das Mädchen im Haus einer Nachbarin die Böden gewischt und für ihre Arbeit zwanzig Para erhalten. Als sie mit dem Geld nach Hause gekommen war, klopften Zigeunerinnen bei ihr an, traten ein und sagten: »Wir sehen in die Zukunft und sagen das Schicksal voraus.«

»Was wollt ihr dafür?« fragte das Mädchen. »Zwanzig Para!«

Das Mädchen gab den Zigeunerinnen das Geld, das sie am Morgen verdient hatte, und eine der Frauen sagte: »Mädchen, dein zukünftiges Los liegt deutlich vor uns: Du wirst bald den Sohn eines Beys heiraten.« Das Mädchen freute sich über die Prophezeiung und lief zu ihrer Mutter. Sie erzählte ihr davon, und die Mutter meinte: »Wenn es Gottes Wille ist, so wird es geschehen.«

Ihr nächster Nachbar war ein Bey. Sein Sohn belauschte das Gespräch der beiden und dachte: »Was das Mädchen sich einbildet! Sie schläft auf Stroh und träumt wie ein Großwesir!«

Da hörte er die Mutter sagen: »Tochter, geh und kauf ein Fladenbrot und ein großes Weißbrot für das Geld, das du heute verdient hast. Ich kann mich vor Hunger kaum noch auf den Beinen halten!«

»Ich habe den Wahrsagerinnen alles Geld gegeben!« gestand die Tochter. »Ach«, seufzte die Mutter, »so haben wir heute weder Fladenbrot noch Weißbrot und leiden Not, die Wahrsagerei hat alles verschlungen!«

Die beiden brachten den Tag hungrig mit Reden hin, und der Sohn des Beys hörte ihnen zu. Er wollte das Mädchen ärgern, trat an den Zaun und rief hinüber:

»Derije, Derije, Fladenbrot gibt es keins, Weißbrot gibt es keins, doch der Sohn des Beys wird dein Ehemann sein!«

Da rief das Mädchen zurück:

»Aber ja, aber ja, Gott ist barmherzig,
der Sohn des Beys wird mein Ehemann sein!«

Der Sohn des Beys ärgerte sich, aber er sagte nichts weiter. Am nächsten Morgen rief er wieder über den Zaun:

»Derije, Derije, Fladenbrot gibt es keins, Weißbrot gibt es keins, doch der Sohn des Beys wird dein Ehemann sein!«

Und wieder antwortete das Mädchen:

»Aber ja, aber ja, Gott ist barmherzig,
der Sohn des Beys wird mein Ehemann sein!«

Da ärgerte der Sohn des Beys sich noch viel mehr. Er ging zu seiner Mutter und sagte: »Ich will heiraten, Mutter. Geh und such mir eine Frau!«

»Gut, mein Sohn«, sagte die Mutter, und sie ging und suchte die Tochter eines Paschas für ihn aus, und die beiden wurden verlobt. Da rief der Sohn des Beys wieder über den Zaun:

»Derije, Derije, Fladenbrot gibt es keins, Weißbrot gibt es keins, doch der Sohn des Beys wird dein Ehemann sein!«

Das Mädchen rief zurück:

»Aber ja, aber ja, Gott ist barmherzig,
der Sohn des Beys wird mein Ehemann sein!«

Darauf rief der Sohn des Beys:

»Derije, Derije, sperr die Ohren auf: Der Sohn des Beys nimmt die Tochter des Paschas zur Frau!«

So rief er und ging fort.

Wir wollen es nicht zu sehr ausdehnen: Am nächsten Tag und an den folgenden Tagen machte er es ebenso, erhielt von dem Mädchen stets die gleiche Antwort und ärgerte sich jedesmal aufs neue darüber. »Lieber Sohn«, sagte seine Mutter zu ihm, »hör auf, die Arme zu verspotten! Wer weiß, was alles geschehen kann, bis die Sonne aufgeht! Nimm den Mund nicht zu voll! Greif lieber beim Essen tüchtig zu, als große Worte in den Mund zu nehmen!« Der Sohn des Beys hörte nicht auf seine Mutter. »Ich werde das Mädchen nicht in Ruhe lassen! Sie soll sich ärgern, bis sie platzt! Es kümmert sie nicht, daß sie arm ist, sie will den Sohn eines Beys zum Ehemann! Welcher Bey wird seinen Sohn denn mit einem solchen Mädchen verheiraten?«

Die Hochzeitsvorbereitungen begannen, und für die Tochter des Paschas wurde das Brautkleid genäht. Der Sohn des Beys rief der Nachbarstochter die Neuigkeiten über den Zaun, aber sie antwortete nur: »Gott ist barmherzig!«

Am Tag der Hochzeit wurde die Tochter des Paschas in das Haus des Beys gebracht. Der Sohn nahm seine verschleierte Braut in Empfang und führte sie in ihr Zimmer. Dann verließ er sie, um noch ein wenig spazierenzugehen. Kaum war er aus dem Haus, riß die Braut sich den Schleier vom Gesicht und das Brautkleid vom Leib und warf beides auf den Boden. »Ich will zurück nach Hause zu meinem Vater!« sagte sie wütend zu der Mutter ihres Bräutigams. »Aber weshalb, meine Tochter, weshalb?« rief die Mutter. »Du bist doch gerade erst zu uns gekommen! Du hast mit meinem Sohn doch noch kaum gesprochen!« so lag sie der Braut in den Ohren, aber die hörte ihr nicht zu. »Dein Sohn gefällt mir nicht«, sagte sie, »außerdem ist einer der Schreiber meines Vaters seit langem mein Geliebter. Ich bin nicht freiwillig hier, sondern nur, weil mein Vater es wünscht. Er hat mich deinem Sohn zur Frau gegeben, und ich wollte eine gehorsame Tochter sein und seinen Willen nicht mit Füßen treten. Ich dachte auch, vielleicht ähnelt dein Sohn ja meinem Geliebten, aber nun habe ich ihn mit eigenen Augen gesehen, ich kann ihn nicht lieben.« Und damit lief sie davon.

Was sollte die Mutter tun? So viel Geld und Mühe hatte sie aufgewendet, den teuren Brautpreis und den Stoff für das Brautkleid gezahlt, und nun war die Braut davongelaufen und keine andere bei der Hand … Wie konnte sie schnell eine neue Braut finden? Da fiel ihr die Nachbarstochter ein. »Sie ist arm«, dachte sie, »aber sie ist schön. Sie soll die Stelle der alten Braut einnehmen!« Sie lief hinüber ins Nachbarhaus und rief: »Derije, Derije, wo steckst du? Uns ist die Braut davongelaufen. Komm und nimm du ihre Stelle ein!« Das Mädchen dankte ihrem Schicksal und freute sich. Sie ging mit in das Haus des Beys, legte Brautkleid und Schleier an und wartete auf den Bräutigam.

Der Sohn des Beys kehrte gegen Abend nach Hause zurück. Er hob den Schleier der Braut, er setzte sich zu ihr, sie legten sich nieder. Sie blieben die ganze Nacht beisammen und hatten große Freude aneinander. Am Morgen trat der Sohn des Beys an den Zaun und rief: »Derije, Derije!« Im Nachbarhaus blieb es still, und er dachte: »Endlich habe ich sie zum Schweigen gebracht!«

Er ging zu seiner Mutter. »Hör, Mutter«, sagte er, »nun habe ich mein Ziel doch noch erreicht! Ich habe laut gerufen, aber Derije bleibt stumm!«

»Schweig, mein Sohn«, sagte die Mutter, »sie ist es, die ihr Ziel erreicht hat: Das Mädchen, das du für die Tochter des Paschas hältst, ist die Tochter unserer Nachbarin, ist Derije. Die Tochter des Paschas mochte dich nicht, deshalb ist sie davongelaufen.«

Da sagte der Sohn des Beys: »Was geschehen ist, ist geschehen, und es ist gut. Das Schicksal hat es so bestimmt.«

Sie heirateten noch einmal und feierten vierzig Tage und vierzig Nächte lang Hochzeit. Danach lebten sie glücklich, bis sie starben.

Türkisches Märchen aus Adakale

Die Geschichte von dem Mädchen, das Milch verkaufte, und dem König der Dämonen

In alter Zeit lebte in Damaskus ein Mädchen, das hieß Zainab. Sie war schön wie der volle Mond, aber bitterarm. Deshalb holte sie sich Milch von den Bauern außerhalb der Stadt und verkaufte sie, lief durch die Straßen und rief: »Milch, Ayran, kalt wie Eis!« Mit dem wenigen Geld, das sie durch ihren Handel verdiente, konnte sie sich ein Zimmer zum Schlafen mieten und Brot und Fleisch zum Essen kaufen.

Eines Abends holte sie wie immer Milch von den Bauern, brachte sie nach Hause in ihr Zimmer und machte sie in einem Topf warm. Sie ließ sie abkühlen und goß sie in eine Schüssel. Dann fügte sie ein wenig Joghurt vom Vortag hinzu, damit die Milch fest würde. Sie setzte sich neben die Schüssel und begann leise zu singen, damit die bösen Geister fernblieben und die Milch nicht verderben konnten. Nach drei Stunden sah sie in der Schüssel nach, aber die Milch war noch nicht geronnen, war es selbst nach sechs Stunden noch nicht und auch nicht nach acht Stunden, als der Himmel am fernen Horizont hell wurde vom Licht des neuen Morgens.

Auf einmal krähte ein Hahn, und alle Milch in der Schüssel wurde plötzlich zu feinstem festem Joghurt. Zainab wunderte sich und dachte: »Wie anders als durch Zauberei konnte das geschehen? Denn hat einer jemals gesehen, daß eine so große Menge Milch in einem einzigen Augenblick zu Joghurt geworden ist?«

Das Mädchen füllte den Joghurt in ein Gefäß mit kaltem Wasser und tat ein wenig Salz hinzu, nahm ihre hölzerne Schöpfkelle und quirlte und rührte beides so lange ineinander, bis das

Wasser weiß wie Milch geworden war. Sie kostete, da war es ein Getränk von so außergewöhnlichem Wohlgeschmack und so wunderbarer herber Würze, wie sie es noch niemals getrunken hatte. Sie nahm noch einen Schluck und dachte bei sich: »Der Hahnenschrei hat den Zauber bewirkt, und ich konnte einen Ayran machen, wie ihn noch keine Frau gekostet und kein König je genossen hat.«

Das Mädchen mit Namen Zainab war neugierig, wie der Hahn wohl aussah, dessen Krähen Zauberkraft besaß. Sie verließ ihr Zimmer und durchstreifte die Gärten, um ihn zu suchen. Auf einmal erblickte sie einen Hahn mit goldenem Gefieder und einem Kamm, der leuchtendrot war und mit Perlen besetzt. Sie lief auf den Hahn zu, aber er flüchtete sich in ein Erdloch und war verschwunden. Da kroch sie ihm nach und kam in eine große Höhle mit vielen Nischen und Kammern. In einer der Kammern stand ein Tisch und war überreich gedeckt mit den köstlichsten Speisen: mit gebratenem Hammel und Lamm und allerlei Fisch, mit Süßigkeiten, Nüssen, herrlichen Früchten und Wein. Zainab setzte sich und begann zu essen, denn sie war hungrig. Aus einem Gang, der in die Höhle mündete, hörte sie auf einmal die Schritte eines Mannes, die sich rasch näherten. Sie bekam Angst und versteckte sich unter dem Tisch. Der Mann trat an den gedeckten Tisch. Er sah, daß von den Speisen etwas fehlte, und sprach: »Wenn du ein Jüngling bist, sei mein Bruder; wenn du ein Mädchen bist, sei meine Schwester. Bist du eine Frau, sei meine Mutter, und bist du ein Mann, sei mein Vater! Also fürchte dich nicht und zeige dich!«

Da kam Zainab unter dem Tisch hervor und erblickte zu ihrem Erstaunen einen schönen jungen Mann von schlankem aufrechtem Wuchs. In seinem Haar steckte ein Kamm, der aussah wie der des Hahnes, den sie verfolgt hatte, denn er war von leuchtendem Rot und mit Perlen besetzt.

»Wer bist du? Und wie ist dein Name?« fragte sie ihn, doch er erwiderte: »Frage mich nicht, wie ich heiße, denn ich werde es nicht verraten. Frage nicht nach meiner Herkunft, denn ich werde sie nicht enthüllen. Ich bin der König aller Dämonen, und du bist das Mädchen, das ich lieben soll.«

Zainab setzte sich an den Tisch und aß mit dem König der Dämonen. Und sie blieb bei ihm und wurde seine Frau.

Er schenkte ihr Gold und Edelsteine und schöne Kleider und sagte zu ihr: »Wenn du die Höhle einmal verlassen willst, um in die Stadt zu gehen, kannst du es tun, aber erzähle niemandem, wo du lebst und wer dein Mann ist, sonst wird großes Unglück über uns kommen.« Und Zainab versprach, sein Gebot zu befolgen, denn sie liebte ihn über alle Maßen, so wie auch seine Liebe zu ihr grenzenlos war.

Eines Tages hatte sie den Wunsch, ihre Freundinnen wiederzusehen. Sie bat ihren Mann, er möge ihr erlauben, in die Stadt zu gehen und sie zu besuchen, und er sagte: »Geh nur, geh, wenn es dir Freude macht! Aber ich liebe dich zu sehr, als daß ich mich auch nur einen Augenblick von dir trennen mag. Ich will mich in einen Kamm verwandeln, du steckst ihn dir ins Haar, so kann ich bei dir sein.«

Und der König der Dämonen verwandelte sich in einen perlenbesetzten Kamm von leuchtendem Rot, und Zainab steckte ihn in ihr Haar, und es war ein Kamm von seltsamer Form, denn er war gezackt wie der Kamm eines Hahnes.

Den Kamm im Haar, ging Zainab in die Stadt. Sie hatte ihre schönsten Kleider angelegt und sich mit den herrlichsten Juwelen geschmückt. Als ihre Freundinnen sie erblickten, staunten sie, und die einen riefen: »Wo warst du, Zainab, warum haben wir dich so lange nicht gesehen?«, und die anderen fragten: »Woher stammen deine Kleider, woher deine Juwelen?« Aber Zainab sagte es ihnen nicht. Sie spürte den Kamm in ihrem Haar und dachte an das Versprechen, das sie ihrem Mann gegeben hatte. »O Zainab, Zainab«, riefen nun alle, »wo finden wir einen Stoff wie den, aus dem dein Kleid genäht ist?« Aber Zainab antwortete ihnen auch diesmal nicht. Da sagte eine alte Frau: »So einen Kamm, wie du ihn im Haar trägst, habe ich auf dem Kopf eines Hahnes gesehen.« Und Zainab nickte und sprach: »O ja, als ich ihn zum ersten Mal sah, trug ein goldener Hahn ihn auf dem Kopf.«

Wie erschraken alle, als der kostbare Kamm plötzlich aus Zainabs Haar auf den Boden sprang, mitten unter ihre Freundinnen, und ihnen vor die Füße fiel! Wie leicht könnte er zertreten werden! Zainab schrie voller Angst auf und schrie: »Mein Mann, mein geliebter Mann!« Da war der Kamm auf einmal verschwunden, und so sehr alle auch nach ihm suchten, sie fanden ihn nirgends.

Und Zainab weinte bitterlich und lief weinend nach Hause, aber sie konnte den Eingang zur Höhle nicht finden, geschweige denn die Höhle selbst oder eine ihrer vielen unterirdischen Kammern, und der Ort, an der sich der Eingang befunden hatte, sah fremd aus und sah aus, als ob er schon viele Jahre lang so und nicht anders ausgesehen hätte.

So hatte Zainab ihren Geliebten verloren und weinte Tag und Nacht um ihn. Und sie verkaufte ihren kostbaren Schmuck und machte ein Kaffeehaus auf. Sie hielt jeden Gast frei, wenn er ihr eine Geschichte erzählte, denn sie sagte: »Ich will wissen, ob es ein Schicksal gibt, das trauriger ist als das meine, so daß ich zu weinen aufhöre, wenn ich meinen Kummer an einem größeren messe.« Und Männer und Frauen, ja, selbst Kinder kamen und erzählten ihr die traurigsten Geschichten, aber sie blieb untröstlich und sagte nach jeder: »Das Unglück, von dem ich gehört habe, ist gering verglichen mit meinem.«

Eines Tages kam eine alte Frau zu ihr und sprach: »Bitte gib mir zu essen, auch wenn ich keine traurige Geschichte zu erzählen weiß, sondern dir nur erzählen kann, was ich Seltsames erlebt habe.«

Zainab setzte der Frau zu essen hin und bat: »Nun erzähle!«

Und die alte Frau begann: »Einmal ging ich im Wald und in den Obstgärten herum und sah einen Vogel, der herzzerreißend weinte und klagte und rief: ›Wo ist meine Geliebte, die mich verriet?‹«

»Bring mich zu dem Vogel!« bat Zainab, und ihr klopfte das Herz. Da ging die alte Frau mit ihr in die Gärten, und sie sahen den Vogel, und es war geradeso wie die Alte erzählt hatte: Der Vogel weinte und klagte und rief: »Wo ist meine Geliebte, die mich verriet?« Doch kaum hatte er Zainab entdeckt, hörte er auf zu weinen und rief: »Zainab, meine Geliebte!«, und er sprach zu ihr: »Ich will dich in einen Vogel verwandeln, und du wirst wieder meine Liebste sein. Bliebest du ein Mensch, wie könnte ich dir vertrauen? Du würdest uns Tod und Verderben bringen.«

Der Zauber des Königs der Dämonen verwandelte Zainab in einen Vogel, und sie flog zu ihm in den Wipfel hinauf. Seinen Kopf schmückte ein gefiederter Kamm, doch ihren Kopf nicht.

Märchen aus Palästina

Die Geschichte von den zwei jungen Mädchen und den zwei jungen Männern

Ein reicher, vornehmer Herr heiratete, und seine Braut ließ ihre Truhen und sonstige Habe in sein Haus schaffen. Da kamen Träger und luden sich einen großen Spiegel aus gehämmertem und poliertem Silber auf, der einen Rahmen aus Teakholz hatte, und sechs starke Männer waren nötig, um ihn fortzutragen. Die Träger trugen den Spiegel ein Stück die Dorfstraße entlang und bogen dann in ein Palmwäldchen ein. Ihnen war heiß, und sie waren müde und durstig, denn es war Sommer, und der Spiegel war schwer. Da rief einer von ihnen: »Es ist Zeit für das Mittagsgebet! Kommt, laßt uns gehen und beten! Danach wollen wir essen und trinken und erst hierher zurückkehren, wenn die Schatten lang geworden sind und es kühler ist.« Die anderen wandten jedoch ein: »Wir können den Spiegel nicht unbewacht stehenlassen! Er ist aus Silber! Man wird ihn stehlen!« Der erste meinte aber: »Wer wird denn jetzt, in der Mittagshitze, hierher kommen? Und wer wird einen solch schweren Spiegel aufheben und wegtragen können?« Da lehnten die Männer den Spiegel an den Stamm einer Palme und gingen fort.

Nicht lange, da kam ein Mädchen in das Wäldchen und blieb nach Art der Mädchen neugierig stehen, um den Spiegel anzusehen, und wunderte sich, daß mitten in einem Wäldchen ein Silberspiegel stand. Sie schaute in den Spiegel, da kam ein junger Mann dahergegangen, der hieß Yusuf. Und Yusuf sah das Mädchen, und er staunte, denn sie war rank und schlank und süß und schön mit Rosenlippen und Gazellenaugen und Wangen zart wie Pfirsichblüten. Und Yusuf schaute in den Spiegel und staunte ebenfalls, daß hier im Wald ein Silberspiegel stand. So kam es, daß sie beide - das junge Mädchen und der junge Mann – gemeinsam in den Spiegel schauten, bis Yusuf plötzlich zu weinen begann. Das Mädchen blickte Yusuf an und fragte: »Warum weinst du, da du doch gerade noch gelächelt hast?« Und Yusuf sprach: »Ich weine, weil er weint«, und zeigte auf sein Spiegelbild. Das Mädchen wandte sich zum Spiegel um, sah darin Yusuf weinen, lachte laut und rief: »Das bist doch du und niemand anders! Er muß ja tun, was du tust, und muß weinen, wenn du weinst, weil du es selber bist!« Der junge Mann erwiderte: »Das ist nicht wahr! Obwohl der da im Spiegel mir aufs Haar gleicht, ist er nicht ich. Denn hebe ich die rechte Hand, hebt er die linke, und hebe ich die linke, hebt er die rechte Hand. Ich bin ein Muslim, doch er nicht: Auf meinem Dolch, in Silberschrift geschrieben, steht Gottes Name, steht *Allah,* auf seinem Dolch hingegen steht ein Zauberspruch, seltsame Zeichen, die nur derjenige entziffern kann, der in verbotenen Künsten unterwiesen wurde. Der da im Spiegel ißt sein Essen sicherlich mit seiner linken Hand und läßt die rechte all die Dinge tun, die wir unschicklich nennen und unserer linken zugewiesen haben. Es macht mich traurig, anzusehen, wie einer, der mir wie ein Bruder gleicht, in Unglauben und Unwissenheit verharrt. Und ich bin traurig, daß er weint.«

Das Mädchen dachte nach und sagte dann: »Wenn du zu weinen aufhörst, hört er gleichfalls auf.« Da fing der junge Mann noch heftiger zu weinen an und widersprach: »Das ist nicht wahr! Ich weiß, was in ihm vorgeht und sein Herz bewegt. Ich leide mit ihm und verrat' es dir: Das Mädchen dort im Spiegel, das dir gleicht bis auf das Muttermal - deines ist auf der rechten, ihres auf der linken Wange –, das Mädchen dort, er möchte sie gern küssen, doch weiß er nicht …« Das Mädchen schaute forschend in den Spiegel und, Yusuf unterbrechend, sagte sie: »Wieso meinst du, daß er sie küssen möchte?«

»Sieh nur, wie häufig er zu ihr hinüberschaut«, sprach Yusuf, »und schau, wie liebevoll sein Blick ist! ... Schau, jetzt schiebt er seine linke Hand verstohlen zu ihr hin ...« Da rief das Mädchen: »Du, was tust du da? Warum hast du den Arm um mich gelegt?«

»Das habe ich getan«, sprach Yusuf, »damit die beiden dort im Spiegel glücklich sind. Sag, würde es dir denn gefallen, dein Leben lang in einem Spiegel eingesperrt zu sein? Da wir es können, wollen wir die beiden glücklich machen.«

Das Mädchen schaute in den Spiegel und erkannte: Der junge Mann, er weinte nun nicht mehr und sah viel froher aus als vorher, und auch das Mädchen schaute fröhlich drein. Doch Yusuf sprach: »Der da im Spiegel ist noch immer nicht ganz glücklich. Ich kenne ja den Grund und sag' ihn dir jetzt ganz: Er wünscht dem Mädchen einen Kuß zu geben, weiß aber nicht, wie er es anstellen soll. Wir wollen ihn im Küssen unterrichten und wollen ihm zeigen, wie man's richtig macht ... Schau nur, wie rasch er lernt! Kaum nehme ich dich fester in den Arm, hat er es auch schon nachgemacht und hält sein Mädchen genauso eng an sich gepreßt, wie ich dich halte. Doch sie schaut ihn nicht an, sie schaut zu uns! Deshalb will ich ihm zeigen, was er tun muß, um ihr Gesicht dem seinen zuzuwenden ... Oh, er ist gelehrig und macht alles richtig nach und küßt sie nun, wie sich's gehört!« Yusuf fuhr fort, den anderen zu unterrichten, und staunte, wie geschickt sein Schüler war.

Es wurde Abend, und die Träger kamen. Bevor nun Yusuf und das Mädchen Abschied voneinander nahmen, fragte er sie: »Wie heißt du?«

»Nura«, sagte sie. Und Yusuf ging zu seinem Vater und wünschte Nura zur Gemahlin. Da ging ein Brautwerber in Nuras Haus; die Hochzeit wurde ausgemacht und bald gefeiert.

Als Yusuf mit Nura verheiratet war, stellte er einen Silberspiegel auf in ihrem Schlafgemach und sprach: »Wir wollen Sorge tragen, daß unsere Schüler das Gelernte nicht vergessen und weiter von uns lernen.« Und Nura schaute in den Spiegel und sah die beiden dort im Spiegel vor Glück strahlen, und keiner von beiden schaute aus, als ob er weinen wollte.

Märchen aus dem Irak

Das Almosen

Ich möchte berichten: Da war einmal ein Derwisch in Bagdad, der ging in den Basar. Er ging in den Basar und trug Hymnen zum Lobe Alis vor, und so ging er von Laden zu Laden. Und er kam an die Tür eines Ladens, der einem Sunniten gehörte, und sprach: »Ich erflehe um Alis willen ein Almosen von dir.«

»Wenn du um der vier rechtgeleiteten Kalifen willen bätest«, erwiderte der Sunnit, »so würde ich dir ein Almosen geben, aber um Alis willen gebe ich nicht einmal einen Stein ...!« Nicht einmal einen Stein wollte er für Ali geben!

Da sprach der Derwisch: »Ich gehe herum und sammle Almosen um Alis willen, aber von dir will ich nichts!« Und Ali lobend und preisend ging er seiner Wege, und der Zufall führte ihn vor das Haus des Sunniten, dorthin, wo jener wohnte. Die Frau des Sunniten steckte den Kopf zum Fenster hinaus. Sie sah den Derwisch, und sie hörte die Hymnen, die er um Alis willen vortrug, und hörte ihm zu und sprach: »O Derwisch, fasse den Saum deines Kaftans, ich will um Alis willen mein Halsband hergeben!« Er hob seinen Rocksaum auf, und sie tat ihr goldenes Halsband hinein, und er ging seiner Wege und ging zu dem Laden des Sunniten zurück und sprach: »Sieh, Sunnit, sieh, du hast nicht einmal einen Stein gegeben, aber es gibt andere, die geben sogar ein goldenes Halsband für Ali hin!« Der Sunnit schaute und sah: Es war das Halsband seiner Frau! Eifersucht und Zorn packten ihn, und er eilte heim voll Eifersucht und Zorn und rief: »O Frau!«

Sie sagte: »Ja?«

»Wo ist dein Halsband?« fragte er.

»Was geht's dich an?« sprach sie. »Es ist vom Erbe meines Vaters! Was hast du damit zu schaffen?«

»Ich muß es wissen«, sagte er, »ich muß es wissen!«

Sie sagte: »Nein, dich geht's nichts an!«

So redeten sie hin und her, und der Mann gab keine Ruhe, bis sie schließlich sprach: »Um Alis willen habe ich es fortgegeben.«

»Gut«, sprach er darauf, »wenn du den Schmuck für Ali hingegeben hast, gib einen deiner Arme noch dazu: Gib deinen rechten Arm um Alis willen!«

»Sieh hier die Hand«, rief sie, »sieh meinen Kopf, für Ali gäb' ich gerne alles hin!«

Er packte ihre rechte Hand und legte sie unter ein Hackmesser. Er hackte ihr den Arm ab, den rechten Arm hackte er ihr ab, und legte ihr den rechten Arm dann in den linken Arm und wies sie aus dem Haus.

Die Bedauernswerte, die arme Frau, verbarg ihren Arm unter dem Schleier und ging ruhig fort. Sie ging, bis sie zu einem Aschenhaufen kam, und als sie bei dem Aschenhaufen war, schob sie die Hand hinein und klagte laut. Und als ihr Schmerz ein wenig nachgelassen hatte, da ging sie weiter im Vertrauen auf Gott und überließ sich voller Hoffnung seiner Führung. Sie ging und ging und sank auf einer Wiese nieder und ward ohnmächtig. Sie kam dann zu sich, und da sah sie: Sie war umringt von Menschen, und da war ein Herrscher, der auf die Jagd gegangen war … So fand sie sich inmitten der Jagdgefährten dieses Fürsten. Und was sahen sie? Sie sahen eine wunderschöne vornehme Frau. Ihren Arm sahen sie nicht, den hatte sie unter ihrem Schleier versteckt.

»So ist unsere Beute also gefangen!« sprach der Fürst. Man setzte sie hinter ihn aufs Pferd, und er rief dem Wesir zu: »So komm, wir wollen aufbrechen!«

Sie brachen auf und ritten und kamen zum Schloß. Im Schloß wurde die Frau mit großer Liebenswürdigkeit aufgenommen und lebte eine Weile dort, aber ihren Arm zeigte sie nicht, niemanden ließ sie ihren Arm sehen, niemanden!

Eines Tages sprach der Fürst zu seinem Sohn: »Es ist so und so geschehen, daß ich auf der Jagd eine Frau erbeutet habe. Diese Frau will ich mit dir verheiraten.« Der Sohn war einverstanden. Er war einverstanden, die Frau zu heiraten, und sie wurden zur Nacht getraut und in das Hochzeitszimmer geführt. Als der Sohn ins Hochzeitszimmer kam, verlangte er als erstes einen Becher Wasser. Da ging die Frau, die arme, welche keinen rechten Arm hatte, und holte das Wasser. Sie hielt den Becher in der linken Hand und reichte ihrem Bräutigam den Becher mit der linken Hand. Der Bräutigam wunderte sich und sprach voll Unmut: »Welch seltsamen Dienst hat mir mein Vater erwiesen: Er hat mir eine Frau ausgewählt, die den rechten und den linken Arm nicht unterscheiden kann! Was ist das für ein Mädchen, das seinen linken Arm nicht von seinem rechten Arm unterscheiden kann!«

Da schämte sich die Frau – und schämte sich so sehr, daß sie in ein anderes Zimmer ging und jammerte und klagte. Sie klagte und jammerte laut um Gottes willen und um Alis willen und sprach: »O Gott, schicke mir den Tod oder schenke mir im Gedenken an Ali einen gesunden Arm, auf daß ich mich nicht schämen muß!«

Und Bibi Fatima az Zahrâ', Fatima, die leuchtend Schöne, die einzigartige Tochter Muhammads, hatte Mitleid und wandte sich an Ali und sprach: »O Ali, der du weißt, daß diese gesegnete Schiitin ihren Arm um deinetwillen hingegeben hat, gehe hin und heile sie, auf daß sie sich nicht mehr schäme!« Und der Fürst der Gläubigen ging hin und heilte ihren Arm. Und er heilte sie, da sie ohnmächtig war. Und als sie erwachte, sah sie: Ihr Arm ist gesund. Da war sie froh und ging ins Brautgemach. Sie erzählte alles ihrem Bräutigam, und sie wurden Mann und Frau.

Gelobt sei die Einzigartigkeit Muhammads!

Märchen der Chaladsch aus dem Iran

Das verlängerte Leben

Ein Mann war auf dem Heimweg von einer langen Reise. Er hatte seine Frau viele Wochen allein gelassen und beeilte sich, um endlich wieder bei ihr zu sein. Weil er aber das Stadttor erst nach Sonnenuntergang erreichen konnte, fand er es verschlossen und mußte die Nacht unter freiem Himmel verbringen. In der Nähe des Stadttores war ein Friedhof. Dort trat er ein und sprach nach altem Brauch: »Ich komme als Gast Gottes.«

Dann band er seine Mauleselin an einen Baum und wickelte seine Dschellaba, sein langes, hemdartiges Gewand, eng um sich. Er streckte sich auf seiner Satteldecke auf dem Boden aus, aber obwohl er sehr müde war, konnte er nicht einschlafen. So dachte er an seine Frau, die sehnsüchtig auf ihn wartete, und an seine Freunde und freute sich, sie bald wiederzusehen.

Auf einmal hörte er Stimmen von Frauen; sie drangen aus der Erde. Es waren zwei Tote, die miteinander sprachen, und die eine sagte zur anderen: »Morgen werden wir die und die, Tochter von der und der, zur Nachbarin bekommen. Für sie wird das Grab neben dem unsrigen ausgehoben. Ihr Mann ist auf Reisen. Wenn er nach Hause kommt, wird sie seine Kleider waschen und auf dem Dach zum Trocknen aufhängen. Aber das Mauerwerk des Daches ist brüchig. Es wird einstürzen und die Frau mit sich reißen und töten.« Soviel hörte der Mann, und er verstand, daß von seiner Ehefrau die Rede war, und zitterte vor Angst. Als der Morgen dämmerte, schwiegen die Stimmen. Da stieg der Mann auf seine Mauleselin und ritt eilig nach Hause.

Seine Frau war bei guter Gesundheit und freute sich von Herzen, als sie ihn wiedersah. Sie fing gleich an, ein kräftiges Essen zu seiner Stärkung zu kochen, und verlangte dann seine schmutzigen Kleider, um sie zu waschen. Er wollte sie ihr erst nicht geben, aber weil sie darauf bestand, tat er es am Ende doch und dachte bei sich: »Ich werde nicht zulassen, daß sie das Dach betritt. Sie soll die Wäsche heute im Hof trocknen.«

Die Frau wusch die Wäsche und setzte ihrem Mann danach das Gericht aus Fleisch und Gemüse vor, welches inzwischen gar geworden war und das ganze Haus mit Wohlgeruch erfüllte.

Als der Mann gegessen hatte, tat seine Frau ihren Teil beiseite und dachte: »Ich will später essen und erst die Wäsche aufhängen, um die Sonne zu nutzen.« Sie ließ ihren Mann allein, der von Müdigkeit überwältigt eingeschlafen war, und stieg zum Dach hinauf.

Da klopfte ein Armer an ihre Tür und wollte im Namen Gottes um ein Almosen bitten. Er war mager und beinahe nackt, und seine Füße waren vom vielen Herumlaufen wund und geschwollen. Als die Frau ihn hörte, beugte sie sich über den Rand des Daches. Sie wurde gewahr, wie elend er war, und hatte Mitleid mit ihm.

»Ich habe gottlob alle Tage satt zu essen«, dachte sie bei sich. »Dieser Mann aber leidet Hunger und Kälte. Er ist ja fast nackt, der Arme! Ein gutes, warmes Essen wird ihm mehr nützen als mir.« Schnell lief sie die Treppe hinunter, holte ihren Teil Fleisch und Gemüse, stellte einen Tisch in den Flur ihres Hauses und darauf das dampfende Essen und rief den Armen herein. Sie gab ihm noch einen Brotfladen, den sie gebacken hatte, und sprach: »Hier, armer Mann, iß, bis du satt bist, und wärme dich auf!« Dann ging sie wieder auf das Dach, hängte die Wäsche auf und wartete, bis sie trocken war …

Als ihr Mann aus tiefem Schlaf erwachte, fand er seine Wäsche sauber und duftend neben sich zum Wechseln liegen. Er staunte nach dem ersten Schrecken sehr darüber und kleidete sich an.

Als der Muezzin die Gläubigen zum Nachmittagsgebet rief, sprach er zu seiner Frau: »Ich habe ganz vergessen, dir zu sagen, daß meine Freunde mich eingeladen haben und wir die Nacht auswärts verbringen wollen. Mach dir also keine Sorgen! Morgen früh bin ich wieder zu Hause.« Dann ging er fort – aber nicht zu seinen Freunden, sondern auf den Friedhof, wo er des Rätsels Lösung – den Grund für die wunderbare Errettung seiner Frau – zu finden hoffte. Er legte sich auf dasselbe Grab nieder wie am Abend zuvor und belauschte die Gespräche der Toten. Es dauerte nicht lange, da hörte er die eine zur anderen sagen: »Nachbarin, du hast mir doch gestern den Tod von der und der angekündigt, aber ihr Grab ist noch immer leer.«

»Sie ist noch am Leben«, erwiderte die andere, »weil sie mildtätig war und den Armen, der bei ihr anklopfte, nicht abgewiesen hat.« Sie erzählte ausführlich, was sich zugetragen hatte, und setzte hinzu: »Es hat Gott gefallen, daß diese Gläubige barmherzig war, und so hat er ihr Leben verlängert und das Dach ihres Hauses wieder ganz gemacht.«

Der Mann wußte nun Bescheid und kehrte zu seiner Frau zurück. Er erzählte ihr, was er auf dem Friedhof vernommen hatte, und hörte aus ihrem Munde, daß alles genauso zugegangen war. Da lobte er Gott und rief: »O Frau, du hast mir den rechten Weg gezeigt! Von heute an gib die Opfergaben für die Armen auch von meinem Teil und in meinem Namen, damit Gott meine Tage verlängere und uns mit seinen Wohltaten überhäufe!«

Märchen aus Marokko

Nachwort

In diesen endlosen Winternächten bin ich der sorgenvollen Stirn und den Seufzern meiner Eltern weit entrückt. Das Märchen fließt aus dem Mund Khaltis, und ich schlürfe es gierig ein. Und auf diese Weise lerne ich Sitte, Moral und Träume kennen … Meine Tante konnte mich zum Lachen wie zum Weinen bringen. Ganz gewiß habe ich niemals mit gleich heißem Herzen an einem wirklichen Unglück der Familie mitgelitten.

Mouloud Feraoun, Der Sohn des Armen

Die List der Frauen, welche größer ist als die List der Männer, ist ein altes und beliebtes Motiv in der Literatur des Orients. Schon der arabische Gelehrte Ibn al-Ǧauzī (1117–1201) erzählt eine solche Geschichte in seinem »Buch der Schlauen«, einer Anekdotensammlung, die Jahrhunderte hindurch erst handschriftlich und dann gedruckt überliefert wurde und bis heute viel gelesen wird. Ein anderes Werk der orientalischen Literatur, der Roman von den »Sieben weisen Meistern« (auch: »Sindbād-Nāme«) erschien 1253 in kastilischer Übersetzung sogar als »Buch von den Ränken und Listen der Weiber«, nachdem es mehr als ein Jahrhundert zuvor bereits Petrus Alfonsi (1062–1140) als Quelle für erstaunliche Erzählungen von der Tücke der Frauen gedient hatte. In seiner »Disciplina Clericalis«, einer Sammlung orientalischer Sprüche und Geschichten in lateinischer Übersetzung, beginnt eines dieser Exempel folgendermaßen:

»Es war einmal ein Jüngling, der verwandte seine ganze Aufmerksamkeit, seinen ganzen Verstand und seine ganze Zeit darauf, jede mögliche weibliche List genau kennenzulernen ...«

Beinahe ebenso fangen ein Märchen der Chaladsch aus dem Iran und eines der Kurden aus dem Irak an, die erst vor wenigen Jahrzehnten aufgeschrieben wurden und beweisen, wie verbreitet und wie lebendig die alten Stoffe sind.

Am bekanntesten wurden derartige »Warn- und Lehrgeschichten« in Europa durch die Übersetzungen der arabischen »Erzählungen aus den tausendundeinen Nächten« und der verschiedenen persischen und türkischen Fassungen des »Tûtinâme«, des ursprünglich indischen »Papageienbuches«; auch ihre Motive sind in vielen Volksmärchen nachzuweisen. Manche dieser Geschichten lesen sich beinahe wie Bekräftigungen von Aussagen, die im Koran und – häufiger noch – in den Hadithen, der Überlieferung von Aussprüchen des Propheten, über die Frauen gemacht werden:

»Eure [= der Weiber] List ist gewaltig« (Sure 12, 28).

»Unheil kann durch die Frau, das Haus und das Pferd heraufbeschworen werden« (Ausspruch Muhammads, zitiert nach al-Buḫārī, S. 334).

»Die Frau als Ganzes ist ein Übel. Das Schlimmste an ihr ist jedoch, daß sie ein notwendiges Übel ist« (Ausspruch von Ali, dem Schwiegersohn Muhammads und vierten Kalifen, zitiert nach Heller/Mosbahi, S.79).

Neben den böse-listigen Frauen gibt es jedoch auch viele literarische Beispiele für gute und tugendhafte Frauen. Eine davon ist

Merhûma aus dem »Tûtinâme«. *Die Geschichte vom Kadi und der Heiligen*, welche Françoise Légey (s. Quellenangabe zu *Das verlängerte Leben*) auf dem Marktplatz von Marrakesch von einem unbekannten Erzähler hörte, ist der Beweis, daß auch dieser Stoff noch lebendig ist (vgl. *Das Märchen von der treuen Frau*).

Die vorbildliche Merhûma, das Gegenbild zur listig-lüsternen Frau, und wohl auch die kluge Scheherazade, welche das Erzählen meisterhaft beherrscht und damit die Haupttugend des Adab, der höfischen Bildung, erfüllt, ähneln vielleicht dem Frauenbild, das den beiden folgenden Hadithen zugrunde liegt. Sie sind von persönlicher Erfahrung geprägt und seien als zwei Beispiele für viele genannt, die eine andere Sprache als die oben zitierten sprechen:

> »Drei Dinge von eurer Welt wurden mir liebenswert gemacht: die Frauen, die Wohlgerüche und das Gebet.«

> »Zwei Dinge habe ich vor Adam, dem Gebenedeiten, voraus: Sein Weib verleitete ihn zur Sünde, die meinigen sind mir eine Hilfe für gute Handlungen« (Aussprüche Muhammads, zitiert nach al-Ghazālī, s. Heller/ Mosbahi, S. 83 f.).

Die Widersprüche im Frauenbild, welches Koran und Hadithe vermitteln, haben ihre Gründe nicht allein in historischen Gegebenheiten, sondern auch darin, daß der Frau im Islam in unterschiedlichen Bereichen – in der Justiz wie im religiösen und im gesellschaftlichen Leben – unterschiedliche Rechte und Pflichten zugemessen werden; sie sind so vielfältig wie der Islam selbst in seinen vielen unterschiedlichen nationalen und regionalen Ausprägungen und Schattierungen.

Die gleichen Widersprüche, den gleichen Facettenreichtum zeigt das Frauenbild der orientalischen Märchen, denn Märchen sind auch als Phantasiegebilde, als Traum- und Wunschdichtung, abhängig von der Welt, in der sie erzählt werden, und spiegeln deren Werte und Normen. Sie sind »welthaltig« in einem sehr umfassenden Sinn (Max Lüthi) und erschließen sich in ihrer Eigenschaft als »cultural comment« (Erika Friedl) – als Aussage über eine bestimmte Kultur – eher dem ihr Zugehörigen als dem Fremden. Annäherungen sind möglich, Fehlurteile nicht ausgeschlossen; wo das Verständnis aufhört und sich kein Staunen, sondern Befremden einstellt, möge es begleitet sein von Achtung und Respekt vor dem so ganz anderen.

Die gemeinsame Welt der in diesem Band zusammengestellten Märchen ist der islamisch geprägte Orient, ein Kulturraum, in dem viele verschiedene Völker und Volksgruppen mit- und nebeneinander leben: Araber, Juden, Kurden, Masiren (die sogenannten Berber), Perser, Türken …

Das gemeinsame Merkmal der ausgewählten Märchen: Sie stellen Frauen in den Mittelpunkt, Frauen unterschiedlichen Standes und unterschiedlichen Alters in ihren Rollen als Ehefrauen, Mütter, Töchter und Schwestern. Diese Frauen versuchen ihr Leben auf sehr verschiedene Weise zu meistern. Ihren Bemühungen ist nicht immer Erfolg beschieden – das orientalische Märchen ist realistischer als das europäische –, denn eine Frau muß stets mindestens gegen zwei Gegner kämpfen: »Einmal … gegen das harte Schicksal, dem alle Menschen ihrer Umgebung, ihr Vater, ihr Ehemann und ihre Geschwister unterworfen sind, und zum anderen … gegen das männliche Geschlecht« (Boratav, P. N., S. 336).

List ist von alters her eine der erfolgreichsten Waffen der Schwachen, deshalb seien die Märchen von allerlei listigen Frauen als »Lehrstücke« oder allein zur Freude an weiblichem Einfallsreichtum an den Anfang gestellt:

Die Frau in dem Märchen, das dem Band den Namen gab – *Die Frau, die den Wesir zum Lachen brachte* –, ist klug und lebenserfahren. Sie begegnet dem männlichen Vorurteil, daß Frauen dumm seien, mit der Nachsicht einer selbstbewußten Frau, die es besser weiß, und straft damit ein Hadith Lügen, das den Frauen nur einen »mangelhaften Verstand« zuerkennt, um zu begründen, daß der Zeugenaussage einer Frau nur das halbe Gewicht der Zeugenaussage eines Mannes zukommt (al-Buḫārî, S. 281). Selbst als sie ausgelacht wird, läßt sie sich nicht verleiten, ihren weniger klugen Ehemann bloßzustellen, sondern bietet an, ihre Klugheit unter Beweis zu stellen. Sie tut es dann so gründlich, daß sie nicht nur ihr Ziel – die Aussetzung eines Ruhegehaltes – erreicht, sondern sich dazu die Hochachtung des Wesirs erwirbt. In sein Lachen am Ende des Märchens mischen sich Verblüffung und Bewunderung, und indem er sich des Rates dieser klugen Frau versichert, stellt er die eigene Klugheit unter Beweis. Die Geschichte der Dalila ist in ähnlicher Form, aber weitaus drastischer in »Tausendundeiner Nacht« enthalten: »Dalila war eine Meisterin in Lug und Trug und allen Streichen; sie konnte selbst einen Drachen durch ihre List aus seiner Höhle locken, und sogar der Teufel hätte von ihr noch Betrug lernen können«, so heißt es in der Übersetzung von Enno Littmann (Bd. IV/2, S. 686) von der gleichnamigen Heldin, die eine wahre Erzgaunerin und böse Ränkeschmiedin ist.

Das Märchen *Nimm dich in acht vor den Ränken der Frauen* spricht die Warnung vor den Frauen schon in seinem Titel aus. Er könnte als Titel über allen Texten bis einschließlich *Meyane Hanım* stehen, denn sie sind allesamt Variationen des gleichen Themas. Sie zeigen wie die beiden ersten Geschichten, daß Streiche nicht unbedingt zum Spaß und aus purer Lust am Listigsein ausgeheckt werden, sondern aus vielerlei anderen und oft ernsten Gründen:

In dem Märchen *Die hilfreiche Freundin* denkt sich die schöne Dschemile einen raffinierten Plan aus, um das Geld zurückzuholen, das Dscheliles Vater zu Unrecht genommen wird. Wir erfahren nicht, ob sich die Unschuld des Schusters später herausstellt und die falsche Anschuldigung zurückgenommen wird, doch kann durch die gelungene List wenigstens das Auskommen der Familie gesichert werden. Das Märchen ist zudem ein schönes Beispiel für die Freundschaft und Solidarität zweier sehr verschiedener junger Mädchen, in deren Beziehung es weder Neid noch Eifersucht gibt.

Die List, die sich das Mädchen in *Das kluge Mädchen und der Dieb* geistesgegenwärtig ausdenkt, um Hilfe herbeizurufen, ist doppelt erfolgreich. Der Diebstahl wird nicht nur verhindert, sondern der Dieb zugleich bekehrt: Auf der Welt gibt es einen Bösewicht weniger!

In *Von den mutigen kurdischen Mädchen* ist es die Tochter des Stammesführers und -fürsten, die ihre Freundinnen und sich selbst aus Todesgefahr rettet und sich somit als würdige Tochter ihres Vaters erweist. Die Belohnung für ihr unerschrockenes Handeln kommt am Ende allen zwölfen zugute: Sie dürfen sich selbst den Bräutigam aussuchen und müssen sich nicht der Wahl fügen, die ihre Väter oder deren rechtliche Stellvertreter mit Unterstützung der weiblichen Mitglieder der Familie für sie getroffen haben.

Das Mädchen in *Wie der Wanderderwisch überlistet wurde* hat durch eigene Nachlässigkeit verschuldet, daß ein Fremder in die gut gesicherte Burg eindringen kann, und muß dafür einstehen. Als sie merkt, daß sie ihm durch Davonlaufen nicht entkommen kann, besinnt sie sich auf Kräfte, die mehr Erfolg versprechen, und entwischt durch kluge List. Ob dieser Wanderderwisch der ist, als der er erscheint – nämlich ein wandernder Bettelmönch –, oder ob sich ein Dämon in ihm verbirgt, läßt sich nicht mit Bestimmtheit sagen; dem Mädchen flößt er jedenfalls zu wenig Vertrauen und Zuneigung ein, als daß sie bei ihm bleiben will.

Im Märchen *Von den sieben Mädchen und der Menschenfresserin* ist es die jüngste von sieben Schwestern, die durch ihr kluges und umsichtiges Verhalten bewirkt, daß alle Mädchen am Leben bleiben und dazu noch reich werden. Sie durchschaut den Vater, der sich – von seiner zweiten Frau vor die Wahl gestellt – gegen die Töchter entscheidet und sie in den Tod führen will; sie läßt ihre Schwestern nicht im Stich, als die Menschenfresserin sie als ihre Tochter aufnimmt, und wartet geduldig eine günstige Gelegenheit ab, um sich erst des Menschenfressers und dann seiner Gemahlin zu entledigen. Menschenfresser kommen in den Märchen der Masiren häufig vor. Sie leben in der Unterwelt, deren Eingang der Brunnen ist. Der Menschenfresser ist meist weniger bösartig und blutrünstig als sein weibliches Pendant. Da er dümmer ist als sie, kann er leichter überlistet werden. Oft kommt er durch Feuer zu Tode, welches er selbst nie anders gebraucht, als um zu schaden und zu zerstören.

Auch in dem Märchen *Von dem Vater und seinen sechs Töchtern* erweist sich die jüngste Tochter als die klügste. Im Vertrauen auf ihren Verstand und ihre Geschicklichkeit nimmt sie die Herausforderung an und besteht die gestellte Probe, indem sie alle ihre Waffen einsetzt, auch die »typisch weiblichen« wie Charme und List. Der Erfolg bringt nicht nur ihr die Bewunderung aller und dazu noch eine stattliche Pension ein, sondern auch ihrem Vater. So ist der Makel getilgt, daß er »nur« Töchter hat, und auch seine Versorgung im Alter gesichert, für die im traditionellen System die Söhne der Familie verantwortlich sind. Der junge Mann, der als ihr Gegner antritt und schon so bald aus dem Wettkampf ausscheidet, erweist sich durch die Art und Weise, wie es geschieht, nicht nur als unterlegen, sondern zugleich auch als ein wahrer *delikanlı:* Dieses türkische Wort für »Jüngling, junger Bursche« heißt wörtlich übersetzt »einer mit hitzigem Blut«. Ohne den Rat und die Hilfe der zauberkundigen Alten wäre dem Mädchen das Kunststück nicht so leicht gelungen; das ist wiederum ein schönes Beispiel für die Solidarität unter Frauen, die sowohl im Märchen als auch in der Realität häufig ist. Doch auch der zweite männliche Widerpart des Mädchens, der junge Bey, erhält weibliche Unterstützung. Ihn berät die Mutter, und sie erscheint hier in der gleichen Rolle, die sie für den erwachsenen Sohn auch in der Wirklichkeit spielt, als Vertraute, der er seine geheimsten Gefühle ohne Scheu offenbaren kann.

In *Die Geschichte von dem verbotenen Teich* zahlt das Mädchen dem frechen jungen Wächter den Streich mit gleicher Münze heim. Sie nutzt dessen Verliebtheit aus, um sich listig – wie denn anders? – aus der unerwünschten Umarmung zu befreien, und sucht dann ihr Heil in der Flucht: Die Geschichte von der schönen *Susanna im Bade*, eine der Geschichten des Alten Testamentes (vgl. Daniel Kap. 13, Einheitsübersetzung), die beinahe unverändert in »Tausendundeiner Nacht« erzählt wird (Littmann Bd. III, S. 508 f.), hat hinlänglich bekannt gemacht, wie es einer Frau ergeht, welche die Männer verschmäht, die sie heimlich beobachten und begehren.

»Ihr Gläubigen! Eßt von den guten Dingen, die wir euch beschert haben! … Gebt Spenden von den guten Dingen, die ihr erworben habt, und von dem, was wir die Erde für euch haben hervorbringen lassen!« (Koran, Sure 2, 172 und 267): In *Die sieben Königstöchter und ihr geiziger Ehemann* täuscht die junge Frau ihren Ehemann listig, um selbst satt zu essen zu haben und andere, Bedürftige, satt zu machen. Die Heirat eines Mädchens mit seinem Cousin väterlicherseits ist ein in der islamischen Welt viel praktizierter Brauch. Sie ist so häufig, daß Frauen ihren Ehemann auch dann als *ibn ʿamm,* also »Vatersbruderssohn«, bezeichnen, wenn diese verwandtschaftliche Beziehung nicht besteht.

Die Märchen *Die Frau, die ihren Mann aus dem Gefängnis befreite, Das Märchen von der treuen Frau* und *Meyane Hanım* erzählen von Frauen, die verfolgt, bedrängt oder zu Unrecht verleumdet werden und ihre Klugheit und List einsetzen, um ihr schwieriges Schicksal zu meistern. Sie sind ihren Ehemännern in Treue verbunden und darauf bedacht, ihre Ehre zu bewahren, weil Ansehen und Wohlstand der Männer von der unbefleckten Ehre ihrer Frauen abhängen. *Meyane Hanım* wird erst nach sorgfältiger Prüfung als geeignet angesehen, um in die Fremde verheiratet zu werden, denn von ihrem Verhalten hängt das Urteil ab, das sich die neue Familie über die Familie der Braut bildet. Das Märchen stellt dieser liebenswerten und eigenständigen Frau zwei Kontrastfiguren gegenüber, so daß ihre guten Eigenschaften besonders klar hervortreten. Die eine ist die erste Frau ihres Ehemannes, die ihn betrog und arm machte; die andere ist der Ehemann selbst, ein schwacher Mann, der seinen Erfolg als Kaufmann allein dem Rat und der Hilfe seiner zweiten Frau verdankt, doch macht diese davon ebensowenig Aufhebens wie die kluge Dalila der Titelgeschichte.

Klugheit und List sind nötige Waffen, um im Leben zu bestehen. Wem sie fehlen, kann leicht scheitern. Dummheit kostet leicht das Leben oder wenigstens Hab und Gut, so lautet die Lehre vieler Märchen. Es ist eine universelle Weisheit. Sie ist weder an ein Land oder an eine Kultur noch an das Geschlecht gebunden und wird oft in die Form des Schwankes gekleidet.

Für Ramadan ist eine orientalische Variante dieses alten Themas. Ebenso wie ihre europäischen Parallelen bezieht sie ihren Witz aus einem Namensmißverständnis. Nicht für Sommer oder Winter oder (irrtümlich: einen Burschen namens) Not werden die Vorräte zusammengetragen, sondern für den Fastenmonat Ramadan, den neunten Monat des muslimischen Mondjahres. Für das abendlich gemeinsam begangene Fastenbrechen wie für das mehrtägige Fest, welches den Ramadan beendet, werden üppige Speisen vorbereitet, und oft wird in dieser Zeit des Nachts besser und reichlicher gegessen als während der übrigen Zeit tagsüber. Der Kameltreiber Ramadan handelt zwar nicht vorsätzlich, aber er hat auch keine Skrupel, die Gelegenheit beim

Schopf zu packen und den Zufall zu nutzen, der ihn im rechten Augenblick vor das Haus der dummen Frau führt.

Im Islam spielt die Achtung, ja Ehrfurcht vor den Eltern und vor allem der Mutter eine große Rolle. Diese Ehrfurcht ist Gott wohlgefällig und steht an zweiter Stelle der Werke, die ihm die liebsten sind, so ein Hadith bei al-Buḫārī (s. S. 425). Ein anderes Hadith spricht es noch deutlicher aus: *Ein Mann kam zum Gesandten Gottes (S) und fragte ihn: »O Gesandter Gottes, wer von den Menschen hat das größte Recht auf meine Liebenswürdigkeit und mein Wohlwollen?« Der Prophet (S) erwiderte: »Deine Mutter.« – »Und als nächstes?« – »Deine Mutter.« – »Und als nächstes?« »Deine Mutter.« – »Und als nächstes?« – »Dein Vater.«* (al-Buḫārī, S. 425; (S) ist die Abkürzung für die Propheteneulogie in arabischer Sprache; sie wird nach Nennung des Namens des Propheten gesprochen und lautet auf deutsch »Gott segne ihn und schenke ihm Heil«.)

Die Tochter verläßt ihre Familie, wenn sie heiratet. Der Sohn bleibt, und wenn er heiratet, kommt eine neue Frau ins Haus. Das Verhältnis von Mutter und Schwiegertochter ist spannungsreich, denn beide rivalisieren um die Aufmerksamkeit und Liebe des jungen Mannes, für den es ebenfalls nicht leicht ist, beiden Rollen – der des Sohnes und der des Ehemannes – gerecht zu werden. *Der Brunnen*, *Ammenmärchen* und *Mutter, Mutter, alles andere ist Lüge* thematisieren die Konflikte dieser Dreierkonstellation in äußerster Zuspitzung und stehen in exemplarischer Weise für viele ähnliche Märchen.

In *Der Brunnen* wird der Brunnen zum Ort der Entscheidung. In einem schicksalhaften Augenblick verkehrt sich die traditionell festgelegte Abhängigkeit der jungen Ehefrau von Schwiegermutter und Ehemann in eine Position der Macht und wird genutzt. Die junge Frau, die durch ihre Heirat als Fremde in die Familie des Mannes kommt und in dieser Rolle sowohl ihrem Ehemann wie auch dessen Mutter gegenüber zu Unterordnung und Gehorsam verpflichtet ist, kann gemeinhin das enge Verhältnis dieser beiden nicht zerstören; die Mutter bleibt auch nach der Heirat des Sohnes die wichtigste Frau in dessen Leben. Indem die junge Aischa ihren Mann zwingt, zwischen ihr und der Mutter zu wählen, lehnt sie sich gegen die herkömmliche Rollenverteilung und Mutterherrschaft auf. Die »Brunnenkette«, in welcher die unten Befindlichen den oberen ausgeliefert sind, wird zum Abbild des Konfliktes, in den der Mann durch seine Heirat geraten ist. Die Erzählung führt bis zu dem Augenblick der höchsten Spannung, in dem seine Entscheidung unaufschiebbar und unausweichlich ist. Die Entscheidung selbst spart sie aus. Für den jungen Ehemann Mokrane in dem Roman »Die Entpuppung« besteht der gleiche Konflikt jeden Tag wieder: Er, »dem die Achtung vor den Eltern alles bedeutete, war zwischen diesen beiden Frauen [der Mutter, der Ehefrau], die er jede auf ihre Weise liebte, hin- und hergerissen« (S.15).

Die Ehefrau des Sohnes in *Ammenmärchen* spielt die Rolle der liebenden Schwiegertochter nur. Sie will sich mit einem Leben zu dritt nicht abfinden, doch scheut sie die offene Konfrontation. Ihr Versuch, die Rivalin auf perfide Weise für immer loszuwerden, scheitert, der Schluß führt zum Anfang der Geschichte zurück: Mutter und Sohn sind das eigentliche, unzertrennliche Paar.

Das Märchen *Mutter, Mutter, alles andere ist Lüge* thematisiert die problematische Beziehung Mutter-Sohn-Schwiegertochter, indem es der Grausamkeit der Schwiegertochter die Liebe der Mutter zu ihrem Sohn gegenüberstellt, eine Liebe, die einzigartig ist und jede andere Liebe übersteigt. In ihrem Buch »Mütter gegen Frauen« hat Camille Lacoste-Dujardin (s. Literaturverzeichnis) eine Variante aus der Kabylei veröffentlicht: Als Räuber den Sohn überfallen, der mit der Leber der getöteten Mutter auf dem Weg zu seiner Ehefrau ist, bittet die Leber der Mutter die Räuber um Gnade für ihren Sohn.

Das Märchen *Gott allein weiß die Wahrheit* erzählt vom Schicksal einer von Vater und Bruder verlassenen Sultanstochter und schockiert durch seinen plötzlichen und grausamen Schluß. Das Mädchen ist unschuldig und vertrauensselig, sie besitzt Geistesgegenwart und Mut, aber es fehlt ihr an Glück, ohne das es weder im Märchen noch in der Wirklichkeit zu einem guten Ende kommt. »So ist das Leben eben!« kommentierte eine Algerierin aus der Kabylei dieses Märchen, dessen unglücklicher Ausgang für die Volksliteratur dieser Region nicht untypisch ist.

Den Heldinnen der folgenden Märchen bis hin zu *Die Nachtigall aus dem Blumenstrauch* wird das nötige Glück zuteil, welches der bedauernswerten Sultanstochter nicht beschieden war; so überstehen sie Not und Gefahr, obwohl auch sie von mörderischem Haß verfolgt werden. Für *Nardanesi,* Schneewittchens türkischer Schwester, und *Sitt el Husn uel Gamal* erweist sich schon gleich zu Beginn ihres Unglücks die Liebe als lebensrettende Kraft. Stiefmutter und Schwägerin begehen – indirekt – einen Anschlag auf das Leben der beiden, indem sie die Mädchen schwanger erscheinen lassen. Dadurch zerstören sie nicht nur deren Ehre, sondern gleichzeitig die der Familien, deren Repräsentanten die zwei sind. Der Verlust der Ehre macht den Tod der offensichtlichen Missetäterinnen notwendig, denn nur dadurch kann die Schande getilgt und die Familienehre wiederhergestellt werden. Die Liebe von Vater und Bruder ist jedoch stärker als die Forderung der Ehre; der Mordanschlag mißlingt. Am Schluß des Märchens *Sitt el Husn uel Gamal* lebt der Bruder wieder mit der Schwester zusammen. Sie hatte einst Mutterstelle an ihm vertreten, und so bedeutet dieses Ende die Rückkehr des Mannes zur Mutter. Daß die Schwägerin der kranken Sitt el Husn uel Gamal für ihren Anschlag Eier wählt, zeigt ihre Schläue und Boshaftigkeit, denn Eier läßt man Kranke in Ägypten bis heute bei manchen Krankheiten schlucken, damit sie rasch wieder gesund werden.

Das Kamel aus Gold: Liebe und Mitleid retten auch das Leben des Mädchens, welches der Vater schon vor der Geburt zum Tode bestimmte. Der ältere Bruder setzt sich über den Mordbefehl hinweg und sorgt so lange für die Schwester, wie es ihm möglich ist.

In *Aischa Rmada,* dem Aschenputtel aus Fez, ist es sogar ein Geist, eine Dschinna, welche sich vom Unglück des armen Mädchens rühren läßt und ihm liebevoll zu Hilfe kommt. Es ist nicht verwunderlich, daß eine Dschinna hier als Botin Gottes erscheint. Nach islamischer Vorstellung sind auch die Dschinnen Geschöpfe Gottes (Sure 55, 15). Gott hat sie aus Feuer erschaffen; sie sind Mittelwesen zwischen Menschen und Engeln, können unterschiedliche Gestalt annehmen und schwierige Aufgaben verrichten; wie den Menschen steht es ihnen frei, Gottes Willen zu folgen.

Das Märchen *Die beiden Waisenkinder* erzählt von Mutterliebe, die über den Tod hinausreicht. Es ist eine notwendige Liebe, denn der Vater läßt die Kinder im Stich, um die zweite Frau nicht zu verlieren (vgl. *Von den sieben Mädchen und der Menschenfresserin* und *Die Nachtigall aus dem Blumenstrauch*). Ebenso wie das europäische liebt das kabylische Volksmärchen Polarisierungen und Extreme: Die Waisenkinder werden mit Milch, Honig und Butter genährt; die Kinder der Stiefmutter erhalten ekelerregenden Eiter und Teer, dessen Farbe den größten Gegensatz zum Weiß der Milch darstellt und der in einem Vers kabylischer Volkspoesie als das abscheulichste Getränk, das es gibt, beschrieben wird.

Die *Nachtigall aus dem Blumenstrauch* weist starke Ähnlichkeit mit dem Märchen *Von dem Machandelboom* der Brüder Grimm auf (KHM 47). Ein wesentlicher Unterschied liegt jedoch in der

Rolle des Vaters. In dem Grimmschen Text tötet die Stiefmutter den Knaben aus Habgier, um ihrer leiblichen Tochter das Erbe zu sichern; der Vater schöpft keinen Verdacht. In dem Text aus dem Iran stiftet die Stiefmutter den Vater zu dem Mord an seinem Sohn an; er führt ihn aus, um in Ruhe mit der zweiten Frau leben zu können. Die Stieftochter bleibt vom Haß der Stiefmutter verschont – vielleicht, weil sie eines Tages heiraten und das Vaterhaus dann ohnehin verlassen wird? Sie findet Trost bei ihrem Lehrer und befolgt dessen Ratschläge getreulich, so daß sich aus den sorgsam begrabenen Knöchelchen die Seele des Bruders in Gestalt einer Nachtigall erhebt, um zu strafen und zu belohnen. Die drei Zeitangaben, die zu Anfang des Märchens im Zusammenhang mit dem Tod der Mutter gemacht werden, weisen auf religiöses Brauchtum hin: Sieben Tage nach dem Tod eines Mannes oder einer Frau besuchen Verwandte und Freunde den Friedhof mit Süßigkeiten und Datteln; es ist der Tag, an dem die Begrenzung des Grabes festgelegt und der Grabstein gesetzt wird. Nach vierzig Tagen stattet man dem Toten wieder einen längeren Besuch ab; nach einem Jahr begeben sich die Frauen zum Grab und bitten um die Erlaubnis, ihre Trauerkleider ablegen zu dürfen.

Von Glück, Liebe und Liebesglück erzählen die folgenden Märchen auf heitere oder anrührende Weise:

In *Das Töpfchen* gehorcht das Mädchen der Mutter nicht und wird dafür »belohnt« mit dem Zaubertöpfchen, das ihr zum Schluß sogar noch den schönen Prinzen als Bräutigam ins Haus bringt: Märchenglück, überraschend und »unverdient«! In *Die Tochter der Nachbarin* vertraut das Mädchen ihrem Schicksal und läßt sich von den Neckereien des Nachbarsohnes nicht beirren, ein Märchen, das besonders im nordeuropäischen Raum viele Varianten hat, zum Beispiel *Aase, das kleine Gänsemädchen,* ein norwegisches Volksmärchen in der Sammlung von Peter Christian Asbjørnsen und Jørgen Moe. Pertev Naili Boratav weist im Nachwort der türkischen Volksmärchen darauf hin, daß die Träume armer junger Mädchen von einem reichen, vornehmen Ehemann, wie sie sich in vielen türkischen Märchen spiegeln, durchaus nicht unrealistisch waren, und betont, »daß es in der osmanisch-türkischen Gesellschaft leichter ist als in der mittelalterlichen europäischen, daß eine Frau durch Heirat ihre Klasse wechselt« (Boratav, P. N., S.337).

Die Geschichte von dem Mädchen, das Milch verkaufte, und dem König der Dämonen: Das Mädchen Zainab verliert ihren Geliebten durch eigene Schuld, durch ihre unbedachten Worte. Die schmerzliche Trennung von ihm ist nicht endgültig, doch muß sie alle anderen Beziehungen für ihre Liebe aufgeben.

Die Geschichte von den zwei jungen Mädchen und den zwei jungen Männern erzählt von der zufälligen Begegnung eines Mädchens mit einem jungen Mann an einem Ort, wo niemand sie beobachtet. Es ist die Geschichte einer raffiniert ausgedachten, behutsamen Verführung, an der sich der junge Wächter in *Die Geschichte von dem verbotenen Teich* ein Beispiel nehmen könnte! Den heimlichen Umarmungen und Küssen folgt, wie es sich gehört, die Heirat, und zur beiderseitigen Freude findet, was so zärtlich begann, in der Ehe seine erlaubte Fortsetzung. Die Geschichte spiegelt damit Moralvorstellungen und Gebote des Islams wider, der keine prüde Religion ist, jedoch eine Liebesbeziehung verurteilt und bestraft, wenn sie außerhalb der Ehe stattfindet. Die Liebe zwischen Mann und Frau wird im Islam als eine Gabe Gottes angesehen und der Liebesakt als gottgefälliges Werk. So heißt es in einem Hadith des Propheten: »Wenn ein Ehemann seine Ehefrau betrachtet, so wirft Gott einen Blick der Barmherzigkeit auf sie. Wenn der Ehemann die Hand seiner Gattin nimmt und sie die seine, so entfernen sich die Sünden durch die Zwischenräume der Finger. Wenn er sich mit ihr vereinigt, so schweben die Engel um sie von der Erde bis zum Himmel, und die Wollust und das Verlangen haben die Schönheit der Berge« (zitiert nach Heller/Mosbahi, S. 40). Die empfundene Lust gibt den Eheleuten einen Vorgeschmack der Wonnen des Paradieses.

Zwei Geschichten mit legendenhaften Zügen beschließen den Band; sie berichten von Frauen, deren Frömmigkeit vorbildlich ist. *Das Almosen* wird vor dem Hintergrund der unterschiedlichen Glaubensauffassungen von Sunnismus und Schiismus erzählt, den beiden Hauptkonfessionen des Islams. Die Schiiten sehen in dem vierten Kalifen Ali den ersten rechtmäßigen Nachfolger des Propheten und erkennen seine Vorgänger in diesem Amt nicht an. Die Sunniten hingegen räumen Ali nicht diesen einzigartigen Rang ein; sie verehren ihn zwar als Kalifen und hervorragenden Prophetengefährten, verwehren sich aber dagegen, die Herrschaft der drei ersten Kalifen als nicht legitim anzusehen. Die Frau in *Das Almosen* zieht sich also den Zorn ihres sunnitischen Ehemannes zu, weil sie ihr kostbares Halsband einem Derwisch aushändigt, welcher der Schia, der »Partei Alis«, angehört. Sie erleidet Verstümmelung und Verstoßung aus Treue zu ihrem Glauben und wird von dem, um dessentwillen sie das Leid auf sich genommen hat, geheilt. Ihre Fürsprecherin bei Ali ist dessen Ehefrau Fatima, die besonders im schiitischen Islam als große Heilige verehrt wird. Dieser Text und ebenso *Wie der Wanderderwisch überlistet wurde* stellen eine große Besonderheit dar, denn sie sind Übersetzungen aus der Sprache der Chaladsch, einer archaischen Turksprache. Gerhard Doerfer entdeckte diese Sprache 1967 neu und unternahm in den beiden folgenden Jahren zwei Expeditionen in den Iran, um in den Dörfern der Chaladsch Forschungsmaterial zu sammeln.

In *Das verlängerte Leben* hat die Mildtätigkeit der Frau die Verlängerung ihrer Lebenszeit zur Folge. Nach marokkanischem Volksglauben steht zwar die Todesstunde eines Menschen im Buch des Schicksals und auch auf der Stirn eines jeden geschrieben, doch kann Gott sie als Belohnung für eine barmherzige Handlung verschieben. Verstorbene, so glaubt man weiter, können in den sieben Tagen nach ihrer Beerdigung mit ihren Grabnachbarn reden. Der Zufall läßt den Ehemann der frommen Frau solche Gespräche belauschen und setzt ihn davon in Kenntnis, daß ein Wunder geschehen ist. Seine Erschütterung darüber stärkt seinen Glauben; seine Frau ist ihm anspornendes Beispiel; er will ihr nacheifern.

Dreißig Märchen, darin weit mehr als dreißig Frauen, alte und junge, kluge und dumme, gute und böse, viele schöne ... und keine wie die andere. Was bleibt zu sagen?

In vielen Märchen mußten Frauen sich gegen männliche Vorurteile zur Wehr setzen, und es gelang ihnen, sie zu entkräften. Andere Märchen haben gezeigt, daß diese Urteile zutreffen: im Einzelfall. Es ist falsch, sie zu verallgemeinern.

Ob aber Märchen einseitige Ansichten verändern und zu neuen Einsichten verhelfen können? War es doch selbst der klugen Scheherazade in tausendundein Nächten nicht gelungen, König Schehrijâr von seinem Vorurteil gegen die Frauen zu heilen, wie die arabische Schriftstellerin Alifa Rifaat in ihrer Geschichte *Die zweite Nacht nach tausend Nächten* erzählt. An deren Ende entgeht Scheherazade dem Mordanschlag des starrsinnig und uneinsichtig Hassenden nur durch die Aufmerksamkeit ihrer jüngeren Schwester, die den König tötet. Scheherazade schluchzt: »O welch ein Unglück! So waren alle Mühen vergebens, die tausend Nächte umsonst ...«

Ich möchte nicht schließen, ohne zu danken: zunächst den Mitarbeitern der *Enzyklopädie des Märchens* in Göttingen für die freundliche Unterstützung meiner Arbeit; in ihrem Archiv fand ich die Texte *Das Märchen von der treuen Frau, Aischa Rmada* und *Die beiden Waisenkinder.* Weiter danke ich Herrn Professor Ulrich Marzolph, Göttingen, der mir die Originaltexte der persischen Märchen für die Erstausgabe heraussuchte und übersandte, und schließlich Herrn Professor Gerhard Doerfer (†), Göttingen, und Herrn Professor Semih Tezcan, Bamberg, die bei der ersten Veröffentlichung dieser Märchensammlung so liebenswürdig waren, mir einige Texte der Chaladsch zur Verfügung zu stellen, und mir die Einsicht in ihren Band vor dessen Erscheinen ermöglichten.

Hannelore Marzi

Quellenverzeichnis

Die Frau, die den Wesir zum Lachen brachte

Die sieben Schlösser des Melik Schah. Orientalische Märchen. Erzählt von Hagg Omar el Bekaai. Aufgeschrieben von Hugo Lindemann. Leipzig und Weimar 1977. Titel im Original: *Geschichte von der klugen Dalila.* Von der Herausgeberin bearbeitet.

Nimm dich in acht vor den Ränken der Frauen

Muradov, Xelîlê Çaçan: Qisê Cimatê [Kurdische Märchen]. Erivan 1972. Aus dem Kurdischen übersetzt von Mehmet E. Gültekin.

Die hilfreiche Freundin

Das Märchen wurde der Herausgeberin 1988 von einer jungen Türkin aus Antakya erzählt.

Das kluge Mädchen und der Dieb

Schmidt, Hans und Kahle, Paul: Volkserzählungen aus Palästina, gesammelt bei den Bauern in Bir Zet und in Verbindung mit Dschirius Jusif herausgegeben. Zweiter Band. Göttingen 1930. Titel im Original: *Der betrogene Dieb.*

Von den mutigen kurdischen Mädchen

Boulvin, A.: Contes populaires persans du Khorassan. Volume I, No. 9, p. 105–107. Travaux de l'Institut d'Études Iraniennes de l'Université de la Sorbonne Nouvelle (6). Paris 1975. Aus dem Französischen übersetzt von der Herausgeberin.

Wie der Wanderderwisch überlistet wurde

Doerfer, Gerhard und Tezcan, Semih: Folklore-Texte der Chaladsch. Nr. 102. Turcologica Band 19. Hrsg. von Lars Johanson. © Harrassowitz Verlag, Wiesbaden 1994. Im Original ohne Titel. Bearbeitet von der Herausgeberin.

Von den sieben Mädchen und der Menschenfresserin

Stumme, Hans: Märchen der Berber von Tamazratt in Südtunesien. Leipzig 1900.

Von dem Vater und seinen sechs Töchtern

Boratav, Pertev Naili: Az Gittik Uz Gittik. Adam Yayınları. İstanbul 1992. Aus dem Türkischen übersetzt und bearbeitet von der Herausgeberin.

Die Geschichte von dem verbotenen Teich

Campbell, C. G.: Told in the Market Place. London 1954. Aus dem Englischen übersetzt von der Herausgeberin.

Die sieben Königstöchter und ihr geiziger Ehemann

Légey, Françoise: Contes & légendes populaires du Maroc. Paris 1926. Aus dem Französischen übersetzt von der Herausgeberin.

Die Frau, die ihren Mann aus dem Gefängnis befreite

Noy, Dov: Contes populaires racontés par des Juifs de Tunisie. Jérusalem 1968. Aus dem Französischen übersetzt von der Herausgeberin.

Das Märchen von der treuen Frau

Finger, Sepp: Märchen aus Lasistan. Mitteilungen der Anthropologischen Gesellschaft in Wien. Hrsg. von Viktor Christian und Walther Wüst. Band LXIX. Heft II. Wien 1939.

Meyane Hanım

Cindî, Haciyê: Hikyatêd Cimatê Kurdîyê [Kurdische Volksmärchen]. Bd. IV. Erivan 1980. Aus dem Kurdischen übersetzt von Mehmet E. Gültekin.

Für Ramadan

Schmidt, Hans und Kahle, Paul: Volkserzählungen aus Palästina, gesammelt bei den Bauern in Bir Zet und in Verbindung mit Dschirius Jusif herausgegeben. Zweiter Band. Göttingen 1930.

Der Brunnen

Féron, José: La Teryel et le Cheval rouge. Contes Berbères. Paris 1986. Aus dem Französischen übersetzt von der Herausgeberin.

Ammenmärchen

Boulvin, A. et Chocourzadeh, E.: Contes populaires persans du Khorassan. Volume II, No. 35, p. 117–119. Travaux de l'Institut d'Études Iraniennes de l'Université de la Sorbonne Nouvelle (7). Paris 1975. Titel im Original: *Conte de nourrice.* Aus dem Französischen übersetzt von der Herausgeberin.

Mutter, Mutter, alles andere ist Lüge

Chimenti, Élisa: Légendes marocaines. Premier Volume. Paris 1959, p. 180–183. Titel im Original: *Mère, mère, tout le reste est mensonge.* Aus dem Französischen übersetzt von der Herausgeberin.

Gott allein weiß die Wahrheit

Savignac, Pierre H.: Contes Berbères de Kabylie. Montréal 1978. Titel im Original: *Le Sultan, son Fils et sa Fille.* Aus dem Französischen übersetzt von der Herausgeberin.

Nardanesi

Tekerleme: Boratav, Pertev Naili: Le »Tekerleme«. Cahiers de la Société Asiatique XVII. Paris 1963.
Das Märchen wurde nach der Erzählung eines Lehrers aus Izmir von der Herausgeberin aus dem Türkischen übersetzt.

Sitt el Husn uel Gamal

Dieses Märchen wurde der Herausgeberin 1994 von dem jungen Ägypter Nasser Mehanny Hanafy erzählt, der damals Student der Orientalistik und Germanistik in Frankfurt war und sein Studium inzwischen mit dem Magisterexamen abgeschlossen hat. Das Märchen hatte er als Kind in Kairo von seiner Großmutter, Mutter und Tante gehört.

Das Kamel aus Gold

Kiyā, Sādeq: Honarhā-ye zibā-ye kešvar [Des Landes schöne Künste]. Bd. II. Teheran 1341/1962. Aus dem Persischen übersetzt von Mahmood Mohammad Shafiei.

Aischa Rmada

Nouveaux Contes Fasis recueillis d'après la tradition et publiés par Mohammed el-Fasi et Émile Dermenghem. Les Prosateurs étrangers modernes. Paris 1928. Aus dem Französischen übersetzt von der Herausgeberin.

Die beiden Waisenkinder

Rivière, Joseph: Contes populaires de la Kabylie du Djurdjura. Paris 1882. Aus dem Französischen übersetzt von der Herausgeberin.

Die Nachtigall aus dem Blumenstrauch

Sobhi (= Fażlollāh Mohtadi): Afsānehā-ye kohan [Alte Märchen]. Bd. I. Teheran 1332/1953. Titel im Original: *Bolbol* sar-*gašte* [Die umherstreifende Nachtigall]. Aus dem Persischen übersetzt von Mahmood Mohammad Shafiei.

Das Töpfchen

Vormärchen (tekerleme): Keloğlan oduncu. Keloğlan Masalları I. Maltepe-Ankara 1985.
Märchen: Boratav, Pertev Naili: Az Gittik Uz Gittik. Adam Yayınları, İstanbul 1992.
Aus dem Türkischen übersetzt von der Herausgeberin.

Die Tochter der Nachbarin

Materialien zur Kenntnis des Rumelischen Türkisch. Teil I+II: Türkische Volksmärchen aus Adakale. Gesammelt, in Transkription herausgegeben und mit Einleitung versehen von Dr. Ignáz Kúnos. Leipzig–New York 1907. Nr. 47, S. 243–246 (I, osm.), S. 334–337 (II, deutsch). Unter Einbeziehung der deutschen Fassung aus dem Osmanischen übersetzt von der Herausgeberin.

Die Geschichte von dem Mädchen, das Milch verkaufte, und dem König der Dämonen

Campbell, C. G.: Told in the Market Place. London 1954. Aus dem Englischen übersetzt von der Herausgeberin.

Die Geschichte von den zwei jungen Mädchen und den zwei jungen Männern

Campbell, C. G.: Told in the Market Place. London 1954. Aus dem Englischen übersetzt von der Herausgeberin.

Das Almosen

Doerfer, Gerhard und Tezcan, Semih: Folklore-Texte der Chaladsch. Nr. 46. Turcologica Band 19. Hrsg. von Lars Johanson. © Harrassowitz Verlag, Wiesbaden 1994. Im Original ohne Titel. Von der Herausgeberin bearbeitet.

Das verlängerte Leben

Légey, Françoise: Contes & légendes populaires du Maroc. Paris 1926. Titel im Original: *Histoire du Voyageur, de la Croyante et du Pauvre de Dieu.* Aus dem Französischen übersetzt von der Herausgeberin.

Die Rechteinhaber der in diesem Band abgedruckten Märchen konnten trotz intensiver Bemühungen nicht in jedem Fall ermittelt werden. Wir erklären uns bereit, berechtigte Ansprüche zu honorieren.

Verwendete Literatur in Auswahl

Ayşe: Scheherazades Tochter. Von meinen eigenen Eltern zum Tode verurteilt. Aufgezeichnet von Isabella Kroth. München 2004.

Boratav, Pertev Naili: Türkische Volksmärchen. Berlin 1967.

al-Buḫārī, Ṣaḥīḥ: Nachrichten von Taten und Aussprüchen des Propheten Muhammad. Stuttgart 1991.

Bulut, Nezir: Gefangener der Rache. Norderstedt 2003/4.

Friedl, Erika: The Folktale as Cultural Comment. In: Asian Folklore Studies. Vol. XXXIV-2. Nagoya 1975, S. 127–144.

Goldziher, Ignaz: Vorlesungen über den Islam. Religionswissenschaftl. Bibliothek Bd. 1. Heidelberg 1910.

Heller, Erdmute u. Hassouna Mosbahi: Hinter den Schleiern des Islam. Erotik und Sexualität in der arabischen Kultur. München 1993.

Lacoste-Dujardin, Camille: Le Conte kabyle. Étude ethnologique. Paris 1982.

Lacoste-Dujardin, Camille: Mütter gegen Frauen. Mutterherrschhaft im Maghreb. Zürich 1990.

Lemsine, Aïcha: Die Entpuppung. Ein Entwicklungsroman. Reinbek bei Hamburg 1996.

Littmann, Enno (Übersetzung): Die Erzählungen aus den Tausendundein Nächten. Wiesbaden 1953.

Marzolph, Ulrich: Arabia ridens. Die humoristische Kurzprosa der frühen adab-Literatur im internationalen Traditionsgeflecht. Bd. 1: Darstellung/Bd. 2: Material. Frankfurter wissenschaftliche Beiträge: Kulturwissenschaftliche Reihe Bd. 21. Frankfurt am Main 1992.

Massé, Henri: Croyances et Coutumes Persanes. T. I/II. Les Littératures populaires de toutes les Nations T. IV/VI. Paris 1938.
Mernissi, Fatima: Geschlecht, Ideologie, Islam. München 1987.
Ott, Claudia (Übersetzung): Tausendundeine Nacht. Nach der ältesten arabischen Handschrift in der Ausgabe von Muhsin Mahdi erstmals ins Deutsche übertragen. München 2004.
Petrus Alfonsi: Die Kunst, vernünftig zu leben (Disciplina clericalis). Dargestellt und aus dem Lateinischen übertragen von Eberhard Hermes. Augsburg 1992.
Rifaat, Alifa: Die zweite Nacht nach tausend Nächten. Erzählungen. Aus dem Arabischen von Suleman Taufiq. Berlin 1991.
Schiffauer, Werner: Die Gewalt der Ehre. Erklärungen zu einem türkisch-deutschen Sexualkonflikt. Frankfurt am Main 1983.
Spies, Otto: Arabisch-islamische Erzählstoffe, in: Enzyklopädie des Märchens. Bd. 1. Berlin/New York 1977. S. 685–718.
Tuti-Nameh. Das Papageienbuch. Nach der türkischen Fassung übersetzt von Georg Rosen. Zürich 1978.
Vauti, Angelika u. Sulzbacher, Margot (Hrsg.): Frauen in islamischen Welten. Eine Debatte zur Rolle der Frau in Gesellschaft, Politik und Religion. 1. Auflage, Frankfurt am Main 1999.
Volkmann, Helga: Mit goldenen Lettern. Leben und Lieben in »1001 Nacht«. Göttingen 2004.
Walther, Wiebke: Die Frau im Islam. Stuttgart 1980.

Königsfurt Märchenschätze

Dickerhoff, Heinrich (Hg.):
... und webte etwas, das niemals stirbt ...
Keltische Märchen zum Erzählen und Vorlesen.
ISBN 3-89875-085-X

Europäische Märchengesellschaft (Hg.):
Traumhaus und Wolkenschloss.
Märchen zum Erzählen und Vorlesen.
ISBN 3-89875-086-8

Europäische Märchengesellschaft (Hg.):
Verlorene Paradiese – gewonnene Königreiche.
Märchen.
ISBN 3-89875-131-7

Früh, Sigrid/Walch, Paul (Hg.):
Das Goldene Zarenreich.
Russische Märchen.
ISBN 3-89875-056-6

Früh, Sigrid (Hg.):
Honig der wilden Bienen.
Märchen von Tod und neuem Leben.
ISBN 3-89875-083-3

Früh, Sigrid (Hg.):
Die Frau, die auszog, ihren Mann zu erlösen.
Europäische Frauenmärchen.
ISBN 3-89875-108-2

Königsfurt Märchenschätze

Hetmann, Frederik (Hg.):
Die verbotene Quelle.
Feen-Märchen.
ISBN 3-89875-057-4

Hetmann, Frederik (Hg.):
Wo König Arthur schläft.
Keltische Märchen.
ISBN 3-89875-031-0

Hetmann, Frederik (Hg.):
Der grüne Vogel.
Märchen, Mythen und Sagen
der Indianer Mittelamerikas.
ISBN 3-89875-034-5

Hetmann, Frederik (Hg.):
Der Junge, der die Sonne fing.
Märchen der nordamerikanischen Indianer.
ISBN 3-89875-084-1

Hetmann, Frederik (Hg.):
Der Dornbusch in Donegal.
Irische Märchen.
ISBN 3-89875-032-9

Hetmann, Frederik (Hg.):
Der verzauberte Feigenbaum.
Andalusische Märchen.
ISBN 3-89875-033-7

Königsfurt Märchenschätze

Hetmann, Frederik (Hg.):
Der Mann, der ein Opossum aß.
Märchen und Sagen des schwarzen Amerika.
ISBN 3-89875-097-3

Hetmann, Frederik (Hg.):
Der rote Fetzen unterm Butterfass.
Märchen und Sagen aus Nordamerika.
ISBN 3-89875-046-9

Marzi, Hannelore (Hg.):
Die Frau, die den Wesir zum Lachen brachte.
Orientalische Frauenmärchen.
ISBN 3-89875-109-0

Stamer, Barbara (Hg.):
Glückes Glück.
Märchen von Liebe und Schicksal.
ISBN 3-89875-058-2

Stamer, Barbara (Hg.):
Die Schwanenprinzessin.
Märchen von Nixen und Meerjungfrauen.
ISBN 3-89875-107-4